危険なバカンス

ジェシカ・スティール
富田美智子 訳

ハーレクイン
SP文庫

PRICE TO BE MET

by Jessica Steele

Published by Harlequin Japan,
a Division of K.K. HarperCollins Japan, 2025

ジェシカ・スティール

イングランド中部の田舎に、7人きょうだいの6番目に生まれた。公務員として働きながら小説を書き始め、夫の励ましを得て作家デビュー。趣味は旅行で、ギリシア、日本、メキシコ、中国、香港など、取材をかねてさまざまな国を訪れた。2020年11月、惜しまれつつ永眠。生涯で88作ものロマンスを描いた。

◆主要登場人物

アルドナ・メイヒュウ……保育園の助手。
ギー・スティントン……アルドナの元婚約者。
ローランド・メイヒュウ……アルドナの父親。
バーバラ・メイヒュウ……ローランドの妻。
ライオネル・ダウンズ……ローランドの上司。
エディー……ライオネルの友人。
ロジー・ブレイク……エディーの愛人。
セバスチャン・サッカレー……実業家。愛称ゼブ。
ミセス・フィールド……ゼブの山荘の管理人。

1

父の家に急ぎながら、今日こそはライオネル・ダウンズが来合わせていませんように、とアルドナは祈った。父の家といっても、半年前、父が再婚するまではいっしょに住んでいた家である。

九月の初めとはいえ、日暮れとともに冷え込んできたことにもアルドナは気づかなかった。ギー・スティントンとの婚約を破棄したことをどう話そうかと、頭がいっぱいだったのだ。

父はギーが気に入っていて、ふたりの婚約に大喜びしたものだ。そもそもギーに引き合わせてくれたのも父だった。そういえば、ライオネルに引き合わせたのも父だったけれど。父もギーもライオネルも、エレクトロニクス専門のセバスチャン・サッカレー有限会社の社員である。父のローランド・メイヒュウは、勤めはじめてまだ六カ月にしかなっていない。

父が前に勤めていた会社で人員整理の対象となり失業していた十五カ月間のことは、できることなら考えたくなかった。五十六歳で、おまけに心臓に持病があるときては、再就職の見込みも薄い。父が悩んでいたのもむりはない。

そんなある日の午後、医師に適当な運動をするようにと言われていた父は散歩に出かけ、バーバラに出会ったのだ。バーバラのほうは、その日従兄《いとこ》の葬儀に参列するために会社を休み、近くの公園のベンチに座っていた。

その瞬間から、父の運勢は上昇気流に乗ったような気がする。バーバラに会ってまもなく、父はセバスチャン・サッカレー社の経理部に就職した。しかも、社内監査役のライオネル・ダウンズと密接な関係をもつ地位であった。

ギー・スティントンも同じ経理部に勤めていて、アルドナは毎週水曜日に訪ねることにしている父の家で、彼に出会った。ギーのほうは、父に本を借りに来たところだった。玄関のドアの前でためらう。鍵《かぎ》を使って開けたものか、ベルを鳴らして開けてもらったものか、すぐに判断がつかない。父とはずっとうまくいっていて、三年前に心臓発作を起こしてからはつねに父の健康状態に気を配ってきたが、父の再婚以来、彼女は小さなアパートでひとり住まいをしていた。いま、この家の女主人はバーバラである。

バーバラが好きか嫌いか、いまだによくわからない。とはいえ、アルドナは自分が父と仲が良かったぶんだけ、父の花嫁に反感を持ちやすいことは認めていた。だからこそ、父の再婚と同時に家を出ることにしたのだ。

三年前の医師のことばは、いまだにはっきり覚えている——父はふつうの生活に戻れるはずだし、天寿をまっとうできるだろう。ただし、無茶はもちろん、ストレスのない生活を送ることが肝心だ、と。アルドナが家を出たのも、義理の母とのことで父がストレスを感じないように、と思ってのことだ。

ふと、長々と家の前に立ちつくしていたことに気づいて、鍵でドアを開ける。ドアを閉めてから向き直ると、金髪をカーリーヘアにした義母が階段を下りてくるところだった。

バドミントンのラケットを手にした姿は、四十二歳という年齢より五つは若く見える。昼まで出ていた挨拶《あいさつ》のことばが消え、アルドナは目を見張った。もちろん、結婚以来日増しに若く見えるようになったせいでも、スポーツウエアのせいでもない。バーバラはバドミントンが上手だった。父がつきあうのはもちろんむりだったけれど。そうではなくて、スポーツウエアの上にはおっているすばらしい毛皮のコートのせいである。たしか、義母は毛皮のコートなんか持っていなかったはずなのに。

「お父さまはお二階よ」バーバラは心ここにあらずといった口調で言ってから、義理の娘のまなざしに気づいて、ちょっぴり気がとがめるような口調で説明した。「バドミントンをしに行くのにミンクのコートは、ちょっぴり見せびらかすようだとはわかってるの。でも、手に入れたばかりなものだから、着ないではいられなくて」

「とてもすてきよ」

すばらしいと言ってあげたいのだけれど、自然にふるまうのはむずかしかった。

「居間でお父さまを待ってらっしゃい。ごいっしょできなくて悪いわね。でも、もう約束の時間に遅れてるくらいだから……」

「がんばってね」

どうしても、ぎこちなくなってしまう。義母と父は知り合ってまもなく結婚したし、アルドナが訪問する水曜日の夜はバドミントンの日だから、ふたりはまだお互いに知り合う時間がなかった。

バーバラは出かけ、アルドナは居間に向かった。ドアを開けたとたんに、気持が重くなる。ぶよぶよに太ったライオネル・ダウンズが椅子から立ち上がったせいだった。片手には葉巻を、もう一方の手にはスコッチのグラスを持ち、情欲に濁った目でアルドナを見つめる。まるで、心のなかでアルドナを裸にしているような感じだった。

「やあ、アルドナ。これはうれしい驚きだな」

「父は二階です。バーバラがそう言ってましたわ」

「ワイフに見送りのキスをするために、わたしを置いてきぼりにしたんだよ。妙な運動のしすぎは、彼の心臓には良くないと思うんだがね」

どうしてパパはこんなひとと友達でいられるのかしら？　胸がむかむかしてくるのに。

「父はすっかり回復しました。もう三年になりますけど、トラブルひとつありませんから」

アルドナの切り返すような口調に、ライオネルはにやけた口調をやめて、あけすけに言った。

「そうかな。バーバラを見送りに行った時は、あまり元気が良さそうに見えなかったぞ。こんなに時間がかかるところを見ると、心臓の薬を飲んでいるんじゃないのかな」

心臓の薬ですって！　アルドナは恐怖に打ちのめされた。父は毎日薬を飲んではいたが、そのほかに救急薬ももらっていた。しかし彼女の知るかぎり、まだその薬を飲んだことはない。

思わず二階に行こうとしてドアのノブに手をかけるアルドナに、あわててライオネルが声をかけた。「頼むからパニックに陥らないでくれよ。彼は大騒ぎをされるといやがる。そんなにひどくは見えなかったしね」

「でも、あなたはさっき……」

「あるいはオーバーに言いすぎたかもしれない。ただ、ちょっとね……」

父の上司は口ごもった。明らかに、それ以上は言いたくないらしい。が、アルドナは聞き捨てにする気はなかった。

「ただ、ちょっと――なんですの？」

「つまりだね、彼がとても心配していることを知っているものだから……」

「心配してるですって？　何を心配してますの？」もうライオネルが、自分の体をなめるように見つめていることなど気にならなかった。パパにいちばん禁物なのは、心配したりすることなのに！　しぶしぶ、ライオネルが答える。

「きみには知られたくないと言っていたがね」

わたしに知られたくないですって！　心配って、いったい何かしら？　ライオネルとのつきあいはまだ浅く、父が個人的な悩みを打ち明けるとは考えられない。とすると、仕事に関係したことなんだわ。まさか、また人員整理の対象になりかかっているのでは？　二度までもそんな目に遭ったら、父のプライドはずたずたになってしまうわ。

やっと常識が助け船を出してくれる。サッカレー社はエレクトロニクスの分野では世界一で、発展に発展を重ねている。だから、人員整理なんて、するはずもない。

「むりでも教えてください、ミスター・ダウンズ」

「むりでも聞かせろと言うんだね？」

「ええ、たとえむりにでも。父に心配は禁物なんです。あなただってご存じのはずよ。ですから、トラブルが何か教えてくださるとありがたいんですけど。そうしたら、わたしも手を貸せますし」

「手を貸すといっても、時間をむだにするだけのことだな、きみ」アルドナの口調が気に障ったらしかった。「どこかに二千ポンド塩漬けにしてあるというのなら、話は別だがね」

「二千ポンドですって！」

まさか、父が誰かに二千ポンドも借金があるというのではないだろう。バーバラは結婚と同時に仕事をやめてしまったし、父の貯金は失業中にとっくになくなっていた。しかし、二千ポンドだなんて！　そんな大金をあの父が借金するなんてことは、考えられない。

「それで、彼の心配している重荷はなくなるんだがね」

「でも……でも、どうやって？　なぜ？」

「どうやってかって？　きわめて賢い方法で、と言ってもいいな。ただ、わたしをだましおおせるほど賢い方法ではなかったがね」

いったいなんの話をしてるのかしら？　賢い、ですって？　父は頭脳明晰《めいせき》で、発病するまでは高給取りだった。発病後ストレスの少ない職に変わり、そのせいで人員整理の対象にされてしまったけれど。

この恐ろしいひとは何をほのめかしているのかしら？　父はきわめて賢いが、彼をだましおおせるほど賢くはないとでも？　そういえば、このひと、社内監査役なんだわ！

「そのことは……サッカレー社にかかわりのあることなんですのね？」

答えを待つあいだ、アルドナは身も心も凍る思いを味わっていた。

「そうだ、きみがそこまで感づいているのなら、打ち明けても同じことだろう――わたしは首席監査役として、帳簿に矛盾した点を見つけた」ライオネルの口調は尊大だが、声は大きくなかった。けれどもアルドナには雷鳴のように響きわたる。「二千ポンド、紛失している」

「二千ポンド……」

アルドナはおうむ返しに言った。父のように真正直なひとを疑うなんて、おかしくてたまらないとしか言いようがない。

けれども、ライオネル・ダウンズは、まさにそのことをほのめかしていた。

「額はそうだ。社外監査役が来週の月曜日に来る。それまでになんとかするために、わたしはきみのお父さんにあらゆるチャンスを与えるつもりだがね」

アルドナは手探りで椅子を探した。気が遠くならないうちに椅子に腰を下ろさなければ。この相手は父がお金を着服したと思い込んでいる――そこまではたしかだわ。でも、信じられない。どこかで相手のことばを誤解したんじゃないかしら？

「あなたがおっしゃるのは、つまり、父がサッカレー社から二千ポンド盗んだと思う――そういうことなんですわね？」

ライオネルは一瞬びっくりしたように見えたが、すぐ顔をそむけてしまった。こんなひどい話をアルドナに話したのは気の毒だったと言わんばかりに。

でも、わたしを気の毒がる必要なんかないのに。わたし、あなたよりはずっと父をよく知っています。絶対、そんなことをするひとじゃありません。それに、なんだって二千ポンドも必要だったっていうのかしら？

強いことばで父の弁護をしようと口を開きかかったとたん、アルドナは息をのんだ。豪華な毛皮をまとって階段を下りてくるバーバラの姿がまぶたに浮かぶ。そんな、まさか！父が新妻を心から愛していることは知っている。でもまさか、そのために、あれほどたいせつにしてきた名誉に背を向けるなんてことが……。とうてい考えられないことなのに、アルドナはかすかな疑惑を捨てきれなかった。

「もし、そのお金が出てこなかったら、いったいどうなるんでしょう？」

ライオネルのことばが真実かどうか、アルドナはまだ信じられなかった。が、ひとつだけ、そのとおりだというしかないことがある――父は、わたしが知っているということには耐えられないだろう。となれば、すべての質問は、父が姿を現すまでにかたづけておかなくては。

「セバスチャン・サッカレーは、この種のことを大目に見る男じゃない。まちがいなく法廷に持ち込むだろうな」

法廷ですって！　ああ、神さま、そんなことになったら、パパは死んでしまうわ！

ショックのあまり、父への信頼までぐらつく。頭に浮かぶのはただひとつ――なんとかして父を法廷に引き出すことだけは食い止めなければ。

「もし、わたしがミスター・サッカレーにお目にかかったら?」ささやくような小声だった。「父の心臓病のことをお話ししたら? もし、わたしがそのお金を返すと言ったら?」

どんな約束をしてもいい。その時、アルドナは、どんな約束でもするつもりだった。

「きみは、その金を返せるのかね? きみの仕事ではたいしたかせぎはないんじゃないか?」

アルドナは答えられなかった。保育園の助手という仕事を愛してはいるけれど、たしかに、なんとか食べていくだけの給料しかもらっていない。

「でも、もしわたしが会いに行って、父の病気のことをお話ししたら……」

「時間をむだにするだけだな。それに、いま彼は外国だが、そうでなくても、いちいち社員の娘と会ってる時間なんかあるものか。まして、きみが……なんと言うか……会社の金を横領した男の娘だと知ったら、なおさら会おうとはするまい」

〝横領〟ということばに、彼女は冷水を浴びせかけられたような思いを味わった。が、そのことを考えてみるいとまもなかった。二階でドアの閉まる音が聞こえたということは、すぐにも父が下りてくることを意味していたから。ライオネルもその音を聞いたらしく、急いで言った。

「きみが何か知ってるというそぶりを見せるんじゃないぞ。きみに知られたという恥ずかしさだけでも、あの男は死にかねないからな」

アルドナは答えなかった。もちろん、ライオネルの言うとおりだと思う。父は、母が亡くなったあと、五歳の時から男手ひとつで彼女を育て、ものの善悪について教え込んだ。たいていの友達より厳しく育てられたけれど、アルドナはなんとも思わなかった。厳しく育てられはしたが、愛はあふれんばかりに受けていたので。

だからこそ、まちがいを正すチャンスをすべて探りつくすまでは、父は自分がまちがいを犯してしまったことをアルドナに知られたくはないだろう……。ふいに、そんな父がまちがいを犯すはずがないという信頼がよみがえる。

だが、あなたのことばなどひと言も信じませんとライオネルに言ってやる前に、居間のドアが開いた。とたんに、アルドナは恐怖の叫びをのみ込む。心労に顔色まで灰色になった父に、先週訪れた時の、目をきらめかしピンクのほおをしていたおもかげはどこにもなかった。

アルドナはすばやく立ちなおり、心配を見せないように努める。父の心臓発作以来身につけたすべだった。

「こんにちは、パパ」

明るく声をかける。が、父は目を合わせようともしない。まるで、父への信頼にたいして、目の前でぴしゃりとドアを閉められた感じだった。いままで、誰の目もはばかることなくまっすぐ見てきたひとが、実の娘にたいしてまで目を伏せている！

「わたしたち、パパが迷子になったのかと思ってたのよ」

精一杯楽しげに言う。苦しげな父の様子を見ると、駆けよって手を貸して椅子に座らせてあげたいけれど、そんなことはできない。ふたたび、父はアルドナの視線を避けた。そのとき、彼女の心は鉛のように重くなり、父が恐ろしい過ちを犯してしまったことを悟った。

「また……雨が……降りだしたようだ」アルドナから目をそらしたままで言う。「以前おまえが使っていた部屋のサッシがこわれたんで、なおそうとしていたんだよ。おまえが来たのに気がつかなかったものだから」

父も口調は明るかった。が、ライオネルを見た目には無言の問いが込められていた――ぼくのいないあいだ、ふたりで何を話していたんだ？

アルドナのそばを通り抜け、ライオネルが立っている横の、お気に入りの椅子に歩みよる。アルドナはふたりの様子を見守っていた。

ふたりとも背は同じくらいだが、似ているのはそれだけ。父は白髪だが、ライオネルは赤っぽい茶色の髪だ――ひょっとして染めているのかもしれない。父はやせぎすだが、ライオネルにはたっぷり贅肉《ぜいにく》がついている。

「あの子は青い顔をしているが、きみ、あの金のことは話さなかったろうね？」

父が低い声でたずねている。アルドナの父への信頼は、一挙に崩れ落ちた。同じように低い声の答えを聞くと、アルドナ自身の脚からも力が抜けて、くずおれそうになってしまう。

「もし刑務所ということになっても、彼女にはぎりぎりまで黙っているよ」

父が椅子に腰を下ろすと、アルドナはふたりに背を向け、額に入ったつづれ織の絵に見入っているふりをする。たしか、先週の水曜日には壁にかかっていなかったものだ。

「豪華なものね。わたし、見るの初めてでしょ?」

「いいだろう、え?」父が答える。「バーバラの作品さ」

アルドナは一時間ばかり、ふたりといっしょに過ごした。ライオネルがいてくれてよかったと思ったのは初めてのことだ。ともかく、おかげで、なんとか緊張を面に表さないですむ。父も緊張していることははっきりわかった。時計が九時を打つと、アルドナは立ち上がった。

「明日は早番で、七時半から勤務なの。そろそろ帰らなくちゃ」

「わたしが車で送ろう」驚いたことに、ライオネルが言う。「バケツをぶちまけたような雨だ。これじゃ、ずぶぬれになってしまうよ」

タクシーを拾いますからと言って断ろうとして、ちらと父を見やる。断ったら、疑いを持つんじゃないかしら? もしかして、わたしがいないところで話し合う用件があることを、わたしが知っているんじゃないかって?

「おことばに甘えさせていただくわ。ありがとうございます、ミスター・ダウンズ」

「ライオネルでいいんだよ」

軽くアルドナの肩をたたく。まるで、小娘としか思っていないよ、と、父に伝えようとしているかのようだった。

「アルドナを送ったら、ナイトキャップをやりに戻ってくるだろう?」送りに出た父がライオネルにたずねる。

「もう酒をつぎはじめてていいぞ、ローランド。長くは待たせんさ」


車に乗り込むと、アルドナは心ここにない口調でアパートへの道を教えはじめる。驚いたことに、ライオネルは知っていると言った。

「初めてきみに会った日に、きみのお父さんから聞いたんでね」微笑を浮かべているのだろうが、暗くてよくわからない。車はすでに走りだしていた。「きみには最初から好意を持っていたんだよ、アルドナ」

「あのう……」アルドナは必死にことばを探す。父のことをすぐ会社に報告しなかっただけでも大事な味方であることはたしかだが、同時に、その先のことばは言わせたくない。

「それはどうも……ご親切に」

「最初からきみが好きだったんだよ」

相手はびくともせず、アルドナのひざを軽くたたく。ドアにぴったり身をよせたい心境だった。やっと手がどいて、息がつけるようになる。アルドナはまっすぐ前を見つめた。疲れきった父の姿がまぶたに浮かぶ。ライオネルが〝刑務所〟ということばを口にしたのを思い出すと、たちまち涙があふれそうになる。そこまで行く前に、父は死んでしまうに違いない。

「きみ、ギー先生にひじ鉄を食らわしたのかい？　婚約指輪をしていないようだね」

隣の男は、父より注意深いことを示す。でも、父はそんなことよりはるかに重大なことに心を奪われていたのだから、驚くにはあたらなかった。

「わたし、もう婚約はしてません……。でも、父にはおっしゃらないで。これ以上、父に心配はかけたくないんです。ギーは月曜日まで休みを取っていますから、それまでは知る必要もないことですし」

そして月曜日には、社外監査役が来ていて、父にはわたしがギーとの婚約を解消したことなど、気にする余裕すらないだろう。

車はアパートの前に止まった。絶望に駆られて、アルドナは父の親友をふり返った。

「ミスター・ダウ……ライオネル、社外監査役に見つからないですませる方法はないんでしょうか？　つまり、あなたのお力で……」

先が続けられなくなってしまう。幼いころから教え込まれた善悪の判断がアルドナのなかで争っていた――こともあろうに、このひとに職業倫理を破ってくれと泣きつくなんて。

「残念だがね、アルドナ……ローランドの首を救う方法は、月曜日までに例の二千ポンドを銀行に払い込む手しかないんだよ」

力なくドアのハンドルを手探りして開こうとしたとたん、アルドナのみじめな思いにライオネルの声が割り込んできた。

「きいておきたいんだがね、アルドナ。きみのお父さんを助けるために、きみは、いったいどこまでやる覚悟があるのかな？」

アルドナはハンドルから手を離した。きかれるまでもないことだった。心を込めて答える。

「父のためなら、どんなことでもする覚悟はついていますわ」

「そういうことなら、方法がなくはないと思うんだが……」

「なんですの？　なんでしょう？　なんなのかおっしゃってください」希望に胸がふくらむ。「わたしなんでも、父が告発されないですむのなら、なんでもします！」

胸を締めつけられるような長い時間が過ぎる。が、相手の答えを聞いた時、アルドナは危うく戻しそうになった。どうしてがまんできたのか、自分でもわからない。

「わたしは土曜日に、バカンスでマルタ島に行く予定なんだ。いっしょに来てくれ、アルドナ――そうすれば、今夜きみのお父さんに、月曜日付けのわたし個人の小切手を渡す。

月曜日いちばんに、社の口座にふり込めるようにな」

「あなた、まさか……もしわたしが休暇をいっしょに過ごすなら、あなたが二千ポンドを払って、父の帳簿の帳尻を合わせてやるとおっしゃってるんじゃ……もし休暇をいっしょに過ごすとしても……友達としてですわね？」

「二千ポンドも払うんだから、ただの友達以上のものになってほしいね」アルドナがぎょっとして息をのむと、ずばりと言う。「婚約までしてたんだ——意味はわかってるはずだぞ」

本当に戻しそうになって、アルドナは車のドアを開き、外の湿った空気を大きく吸い込んだ。ライオネルの声があとを追った。

「明日、オフィスに電話をくれよ。これ以上の条件は見つからんぞ」

アルドナはまっすぐ二階のバスルームに向かって、もう何も出てこなくなるまで戻した。つぎに入るひとのためにバスルームをきれいにしてから、のろのろと階段を上る。どっと押しよせる思いをふり払う。涙がとめどもなくほおを伝った。屋根裏の自分の部屋に入ると、椅子にくずおれる。考えなければならないのは、ただふたつのことだけだった。

ひとつ——父は重大なトラブルに巻き込まれていて、それが明るみに出ることは、心臓発作による死を招きかねないこと。それどころか、その前に心労で倒れることさえありうること。

ふたつ――ライオネル・ダウンズが自分に〝好意を持って〟いて、アルドナ自身の父への心からの愛と思いやりが、現実そのもののテストを受けようとしていること。

でっぷりと太って、ずるそうな目をしたライオネル・ダウンズの姿が心に浮かぶ。彼女を見るたびに心のなかで裸にしていくような、あの目つき。アルドナは身震いして、これ以上そんなことを考えていたら、また気分が悪くなると気づく。

ただ、父のことだけを考えなくては。お医者さまにストレスを避けるようにと言われているのに、どんなにか苦しんでいることだろう。

もう、ライオネル・ダウンズは父の家に戻ったはずだわ。もし、本当に父の親友なら、条件付きじゃなくて二千ポンドを貸してあげてもいいはずなのに。わたしに取り引きを申し込んだ時は、お金の心配なんかない大金持に見えたもの――あの男のことは考えちゃだめ。

ただ、パパのことだけを考えるのよ――今夜も、心配で眠れない夜を過ごすんだわ。それなのに、わたしには、パパのストレスを取り除く力があるんだもの――それも、今夜にでも。

自分が決心したことにも気づかないまま、アルドナは財布を手に、一階に電話をかけに下りた。言うべきことばを心に刻み込んでから、父の家の電話番号を回す。

電話口に出たのは父だった。アルドナの声だと気づいたとたんに、むりに冗談めかした口調に変わる。

「今度は何を忘れていったんだい？」

「そんなこと、思ってもいないくせに」声をあげて笑う。その笑い声は、アルドナ自身の耳にも、胸が悪くなるほどむなしく響いた。「じつはね、保育園の薬棚の鍵が見つからないの。ミスター・ダウンズに車のフロアを見ていただけないかしら？　表のドアの鍵を出す時、バッグから落ちたのかもしれないの」

一年にも思えるほどの時間が過ぎ、思ったとおりライオネル・ダウンズが電話口に出る。相手は、鍵のことは口実にすぎないと見抜いていたように、短く答えただけだった。

「見つからないぞ」

ただ声を聞いただけでも、虫ずが走る。ああ、パパ、わたしにはできないわ。が、その時、送りに出てくれた父の顔が目に浮かんだ。

「あの……小切手を父に渡してくださる？　今夜のうちに」

「よろこんでそうしよう、アルドナ」

翌朝、ベッドから出た時、アルドナは眠れない一夜のうちに心のなかを行き交った思いを反芻《はんすう》せずにはいられなかった。

もう二十四歳だし、ライオネルが話したような休暇旅行をしている娘たちがずいぶんいることも知っている。でも、たいていは同年輩の男友達といっしょで、ライオネルのように六十歳近い相手と出かけるひとは少ない。

　機械的に顔を洗い、服を着替えて、ロンドンでも貧しい一角にある保育園に向かう。くたくたになるほど疲れる仕事だが、今日は仕事にかかる前から疲れはてている。でも、子供たちの相手をしていれば、悪夢のような思いをしばらくでも忘れていられるかもしれない。

　昼間の光のなかでは、昨日の夜のことはまるで夢のようだ。が、すべては事実だった。父について、恐ろしいことに気づいたことも、自分がライオネルと旅行に出かけることに同意したことも。ああ、神さま、ほかに方法はないのでしょうか？

　十一時に、アルドナはオフィスをのぞいた。さいわい誰の姿もなかったので、父の家のダイヤルを回す——なんとかして、バーバラにあの毛皮のコートを売らせなければ。

　けれども、バーバラのクールな声を聞いたとたんに、早くも壁にぶつかってしまう。ふたりのあいだに友情さえ育っていないことが悔やまれてならない。父が毛皮のコートに支払ったお金は、父のものではなかったなんて、とても言えなかった。

　それに、盗みを働くほどバーバラを愛しているとしたら、父はけっして許してくれないだろう——わたしのことばから父のしたことを知って、バーバラが家を出ていかないともかぎらないのだから。

「ハロー、バーバラ。わたしよ、アルドナ……あのう、父が元気かどうか気になったものだから……つまりね、昨日の夜、あんまり元気そうには見えなかったから」

あまり賢いせりふとは言えないと気づく。いま、バーバラがローランド・メイヒュウのめんどうを見るようになって、あまり元気そうには見えなくなったと言っているように聞こえるかもしれない。

「わたしもそう思ったわ。何か悩みごとがあるんじゃないかって」義母の口調には、覚悟していた敵意はなかった。それどころか、ないしょのことを打ち明ける響きさえあった。「本当のこと言うとね、あんまり心配だから、バドミントンに出かけるのはやめるって言ったくらいなの。でも、あなたも知ってるとおり、やきもきされるのが嫌いなたちでしょう？　どうしても行けってきかないの。それでね、ありがたいことにあなたが来てくれるってわかっていたから、留守のあいだ、あのひとのこと気をつけてくださると思って出かけたのよ」声に明るさが戻る。「でも、もう心配ないわ、アルドナ。さんざんなゲームをやって帰ってみると、あのひとったらライオネル・ダウンズとスコッチを飲んでて、顔色だっていいし、この世に心配事なんか何ひとつないって感じなの。今朝なんかね、バスルームで歌まで歌ってたわ。本当よ……」

アルドナはほっとしてオフィスを出た。ライオネル・ダウンズが月曜日払いの小切手を父に渡したことは明らかだった。ありがたいことに、父の肩から重荷が除かれたことはたしからしい。今度はわたしがストレスに耐える番だけれど、わたしの心臓は丈夫だから……。

昼食がすみ、子供たちの昼寝の時間が来ると、アルドナは園長のミセス・アームストロングに会いにいった。よく太った、お母さんといった感じのひとで、子供たちを扱うこつを生まれながらに備えているアルドナを、とても高く評価してくれている。

土曜日から二週間お休みをいただきたいと言うと、ミセス・アームストロングはかすかに眉をひそめた。

「どうしても二週間、休まなくちゃいけないの、アルドナ？ ウェンディが風邪でお休みしてて、手不足なのは言うまでもないわね？」

「わがまま言ってすみません」

「わかりました。わたしたちだけで、なんとか乗りきりましょう」

午前中は行儀が良かった子供たちも、午後は天使のような顔の下に隠れている悪魔の言うがままにふるまう。アルドナが家路についたのは、いつもより二十分遅い、三時五十分だった。

アパートに帰りしだい、ライオネルに電話して、土曜日の打ち合わせをしなければならない。すべては終わったという思いで、部屋に上がる前に、サッカレー社の電話番号を回す。声を聞いただけで、体じゅうがむずむずしてくる。

「パスポートを忘れないように。思いっきり楽しむことにしよう……」何度、がちゃんと受話器を置きたかったことだろう。でも、アルドナには、昨日の夜からずっと心にわだかまっている質問があった。

「それじゃ、あとひとつだけ……父とは一度もあなたの話をしたことがないから知らないんですけど、でも……あなた、結婚してらっしゃるんじゃありませんわね？」

もし結婚していると言ったら、電話を切らずにはいられないだろう。でも、そんなことをしたら、どうやって父を助けられるのか……。相手は、アルドナを待たせて楽しんでいるようだった。やがて、からかうような笑いとともに、返事があった。

「もちろん、結婚なんかしてないさ。わたしをなんだと思ってるんだ？」

アルドナは答えず、そっと受話器を置いた。

2

マルタ島へのフライトは三時間ちょっとなのだが、緊張しきっているアルドナには三十時間ほどにも思えた。

自分自身を納得させるために、彼女は昨日一日を費やしていた。パニックに襲われるたびに、父のためにすることなのだと自分に言いきかせる。とどめを刺したのは、最後までやりとげなかったら、父の死の責任は自分にあることになるという思いだった。

これからの生涯を、ふたつの思いのどちらかを抱いて過ごさねばならないのなら、父を早すぎる死から救い出すチャンスを無視したと思うより、お金をもらって祖父と言ってもおかしくないくらいのおじいさんのおもちゃになったと思うほうが、まだしも耐えられると思う。

ライオネルの選んだホテルは、モダンだが、思ったよりこぢんまりした造りだった。チェックインするライオネルからできるだけ離れて待つ。ライオネルがふり返ったらいっしょにいなければならないとわかっていても、できるだけかかわりのない顔をしていたかった。

まちがいなく、ライオネルはひと部屋しか取らないだろう。そうすれば、誰の目にもふたりの関係はわかってしまう。

「おいで、かわいこちゃん」

ライオネルがふり返る。体をなめるように見るずるい目を見ただけで、アルドナは真っ赤になってしまう。フロント係まで自分を見ていることが、はっきりわかった。

ポーターのあとについて、ライオネルといっしょに無言で歩く。エレベーターを降り、明るくて広い部屋に入ると、まずアルドナの目に入ったのはツインベッドだった――少なくとも、眠る時はひとりになれる。

ライオネルがポーターにチップを渡しているあいだに、バスルームをのぞく。内側から、丈夫そうなかんぬきがかかることがわかった。ほっとして部屋に戻ると、ポーターの姿はなく、アルドナは見るたびに虫ずが走る男とふたりきりだった。

「もし休暇を楽しく過ごしたいと思ったら、その〝触らないでちょうだい〟って態度はよせ」

目にも声にも怒りがあふれている。アルドナはなんのことかわからないふりをした。

「〝触らないでちょうだい〟って態度〟って？」

「もううんざりだと言ってるんだよ。わたしが触るたびに、おまえがぎくっとするのにはな。何もむりやり連れてきたわけじゃないんだ。おまえは自分の意思でついてきたんだし、たっぷり金も払ってあるんだからな。気取るのもいいかげんにして、わたしといっしょでうれしいというそぶりを見せるんだな。そっぽを向いて、かかわりのないふりなどしたら、もう許さんぞ」

「ごめんなさい……」言い返すことばひとつなかった。「ちょっぴり、ぴりぴりしてたことは認めます。自分がしてることを父に見つかったらと思うと、気が気じゃなくて」

自分の娘が上司と旅行したとわかったら、父はやはり発作を起こしてしまうだろう。だが、父に知られたくないのは、ライオネルも同じらしかった。少なくとも、怒りは収まったらしい。

「わたしの口からは漏れやしないさ」

ライオネルは歩みよって、重い腕をアルドナの肩に回す。まさか、いますぐ何かを始めるつもりじゃないでしょうね？　こうしてじっと立っていなければならないことだけでも、こんなに苦しいのに。

「あの……あなたのお荷物、わたしが広げましょうか？」

「そうしてくれ。わたしは飲みものを探してくる」

腕が外されライオネルが離れていっても、アルドナは凍りついたように身じろぎもしなかった。ライオネルが部屋を出ていって十分ばかりたってから、ようやく手近のベッドに腰を下ろす。

片手で口を、もう一方の手で胃のあたりを押さえる。あんまりだわ、と心のなかで叫び、あわてて荷物を広げにかかる。何かしていなければ、神経が参ってしまいそうだった。

自分の荷物のかたづけをすませてから、ライオネルの荷物にかかる。まず心を閉じてからでなければ、スーツケースを開くことさえできなかった。そのあと、部屋にいるだけで息がつまりそうな気がしてきて、スラックスにシャツという軽装に着替えると、部屋を出る。

ホテルのバーを避けるようにして外に出、砂浜まで行って、やっと歩く速度を落とす。ホテル専用の小さなビーチを横ぎり、岩礁のはじまるところまで行って腰を下ろす。そこしか、ひとけのない場所はなかった。

ひざを両腕でかかえ、肩まで伸ばした黒髪で陽光をさえぎるように顔を伏せると、彼女は心を漂うままに任せた。

父に電話を入れて、二週間休暇を取ってヒラリーの家に出かけるからしばらく会えないと言うと、びっくりした様子だった。ヒラリーは学校時代からの友達で、父もよく知っている。二年前に結婚して、いまは赤ちゃんがひとりいるが、アルドナはまだ見ていなかった。

「おまえ……その……充分に幸せなのかい？」

どういうつもりかしら？　ギーのことに触れなかったから、不思議に思っているんだわ。もし、婚約を解消したことを話したら、また父は心配をはじめるだろう。旅行も、傷心をいやすためだと思うにちがいない。

「世界じゅうでいちばん幸せなくらいよ」

明るく答える。どう考えても、父はまだ来週訪れる社外監査役のことを心配しているはずだから、それ以上に心の重荷を加えたくはなかった。月曜日にギーの口から漏れる可能性はなくもないけれど、プライバシーについては秘密主義だから、きかれないかぎり、進んで話したりはしないだろう。

それにしても、変な気持だった。ギーはアルドナの人生にごく短いあいだかかわりを持ち、美貌《びぼう》で夢中にさせたけれど、一度として心を開いてくれたという感じがなかった。いっしょにいるととても楽しいけれど、独占欲が強いたちだった。

とはいえ、アルドナがギーを愛していると思ったことにも、嘘《うそ》偽りはなかった。肉体的な魅力は申しぶんなかったから、ギーが求める全面的な約束に踏みきらせない何かが自分のなかにあるのが、不思議なくらいだった。

アルドナがベッドをともにしないことでギーはいらだち、彼女に自分が卑怯《ひきょう》な女だと思わせようとまで努めたほどだ。父に男手ひとつで厳しく育てられた結果だったのかもしれないが、どうしても、最後の一線は越えられなかった。

それなのに、いまこうしているわたしを見たら、パパは何と思うかしら？　ライオネルのことを心のなかから追い払うために、アルドナは顔を上げて海を見やった。

意識して、ギーと最後に会った時のことに心を引き戻す。ギーが一週間の休みを取り、アルドナのほうは休みを取らなかったことが、いさかいのそもそものはじまりだった。

保育園の人手が足りないからむりだと言うと、とたんに不愉快そうになり、気がついてみると、ふたりは言い争いのただなかだった。せっかく秘書の資格を持っていながら、わずかな金にしかならない仕事をしてるなんてばかだとギーは言う。

たしかに父の発病までは秘書をしていたし、別に嫌いな仕事ではなかったけれど、家事と両立できる職場ではなかった。保育園でパートタイムの職につけたのは、なんの訓練も受けていないのだから、ラッキーだったと言うほかないと思う。

父が再婚した時、あるいは秘書の仕事に戻れたかもしれなかった。が、アルドナは保育園で働くのが好きだった。これからはフルタイムで働けますと言うと、ミセス・アームストロングはアルドナのことばに飛びつかんばかりだった。

「そんな子供は、いずれ非行少年になるだけさ」

「そんなことあるものですか！」

「明日からわずか三日の休暇さえ取れないというんなら、きみはぼくより仕事のほうを愛してるってことになるね」

ほとんど脅迫だった。うんざりしてギーの整った顔を見つめる。そしてその時、アルドナは思ったのだ——あなたの言うとおりだわ、と。そのとたんに、ギーとは結婚したくないと、はっきりわかったのだ……。

たしかに、あの時秘書の仕事に戻っていたら、なんとか二千ポンドくらいの貯金はできていて、自分を売る必要なんかなかったかもしれない。でも、そんなことを考えてなんの役に立つだろう?

父はアルドナに、自分の貯金には絶対に手をつけてはいけないと言っていたけれど、ほとんどは父の失業中に、家計の赤字を埋めるために消えていた。もちろん、父のプライドを傷つけないために、そんなことはひと言も言ってないけれど。

それにしても、貯金の残り全部を引き出して持ってきたのはなぜかしら? やっぱり、父と同じに、プライドのせいかもしれない。ライオネルに二千ポンドもらうのはやむをえないにしても、小遣いまでねだるところまで落ちぶれたくはなかったのかもしれないわ……。

「なぜ、そんなに憂うつそうなんだい?」

響きのいい低音の声にぎくっとして顔を上げると、金髪で長身の健康そうな男性が、二メートルほどのところに立って、じっとアルドナの茶色の瞳を見下ろしていた。アルドナと同じに、スポーツシャツにズボンという軽装だった。アルドナが黙っていると、もう一度たずねる。

「ひとりでそんなところに座って何をしてる？　休暇を楽しむなら、あっちの方だぞ」

「わたし、ひとりでいるのが好きなの」

アルドナは海を眺めた。あなたにいっしょにいてほしくないって意味がわからないよう なら、広い額をしてるけど、見かけほど頭が良くないにちがいないわ。

「ぼくも同じさ」

平気で受け流すと、驚いたことに、アルドナの隣に腰を下ろす。アルドナは相手を無視し続けた。そのうちに、行ってくれるかもしれない。同じホテルの客とは誰とも知り合いになりたくはない。ライオネルといっしょにいるところを、まじまじと見られたくなどなかった。

とはいえ、ひとに冷たくするのは、アルドナの性格にはないことだった。厳しく言えば、ギーほどハンサムではないけれど、何か否定できない魅力がある。いかにも頼りになる感じ。がっしりしたあご、ちょっぴり傲慢《ごうまん》そうな鼻。

「見知らぬ相手と口をきかないのは賢明だな。まだ着いたばかりなんだから」

「どうしてそんなことが……」思わず口を開いてしまってから、まだまるで日焼けしていなかったことに気づく。「わたし、青白いたちだから」

自分で自分の質問に答えながら、相手の灰色の瞳に魅せられたように見入ってしまう。

あわてて視線を海に戻したが、鼓動が速まったのがはっきりわかった。

「いつまでこの島にいるの？」

さりげない問いに、アルドナは相手も着いたばかりなのかもしれないと思った。だから、この島にいるあいだだけの恋の戯れを、まずわたしに持ちかけているんじゃないのかしら？

「二週間よ」相手に視線を戻したとたんに、ブロンズに近いほど日焼けしていることに気がつく。「あなたは、どれくらい滞在なさってるの？」

「予定は今夜だけだ」

かすかに苦々しげな響きがあったように思ったのは、気のせいだろうか？　それに、たとえ目に感嘆の色がにじんでいたとしても、恋の戯れを仕掛けたわけではなさそうだった。

「お仕事でいらしたの？」

「まあ、そんなところだ」それから、気分を変えたようにたずねる。「きみの名前は？」

「アルドナ・メイヒュウっていうの」相手をふり向くと、いまは海を見つめている。「あなたは？」

「ゼブ」何かに心をとらわれているらしく、姓まで教えるつもりはないらしかった。ようやく視線をアルドナに戻してたずねる。「きみ、マルタ島は初めてかい？」

「ええ」

短く答える。それ以上はたずねてほしくなかった。ありがたいことに、ゼブはもう質問はやめ、打ち解けてマルタ島の名所の話をしてくれる。聖ヨハネ騎士団の簡単な歴史とか、青の洞窟《どうくつ》の話とか。

とても興味深くて、いつまでも聞いていたいほどだけれど、ゼブはビーチをふり返った。ひとびとがホテルに戻っていく。そろそろ食事の時間が近いらしい。

アルドナは、短いけれどすばらしい幕あいが終わったことを悟った。三十分あまりだが、ゼブの話に耳を傾けているだけで、つかのま、現実を忘れることができたと思う。

ゼブは立ち上がったが、アルドナは動こうとしなかった。いっしょにホテルに入るところを誰にも見られたくない。とりわけライオネルには――この三十分だけは、自分ひとりの思い出として、そっとしまっておきたかった。

「ぼくなら、帽子なしでは長い日光浴はしないな」

「わたしも、まもなく帰ります」

顔を上げると、何か考えている様子だった。またもや鼓動が速まるのを感じながら、じっと待つ。ゼブはかすかに眉根をよせた。

「探している相手をつかまえられさえすれば、ぼくのビジネスは長くはかからない」ふいに白い歯を見せて微笑する。「九時ごろには自由になって、夕食ができると思うんだが――きみ、予定はあるの？」

すぐさまアルドナは顔をそむける。ゼブの微笑はあまりにも逆らいがたかった。

「わたし……あの……ひとりで来たんじゃないんです」

長い間があった。アルドナは顔を上げることさえできなかった。

「ラッキーな男だな」

やっとの思いで目を上げると、ビーチを遠ざかっていくゼブのうしろ姿が見えた。十分間待って、そろそろゼブが部屋に戻ったと思われるころ、彼女は立ち上がった。

ライオネルのかんしゃくを半ば覚悟してドアを開けると、どこにも姿が見えない。念のためにバスルームに歩みよって耳を傾けても、なんのもの音も聞こえなかった。

ほっとして全身の緊張がほぐれる。一杯飲むつもりが一杯ではすまなくなったことはたしかだけれど、どれだけ飲もうと知ったことではなかった。

この服装では夕食に階下《した》に下りて行くことはできないし、ライオネルの目の前で着替えるつもりなんかなかったから、タバコ・ブラウンのロングドレスと真新しい下着を持ってバスルームに入り、フックにドレスを掛けておく。

それから部屋に戻り、窓際に椅子を持ち出すと、座って外を見ていた。八時十分過ぎにドアのところでもの音がした。アルドナはぱっと立ち上がり、部屋に入ってくるライオネルを見守る。

顔は赤いが酔ってはいなくて、いかにもしまったという表情だった。舌ももつれていない。

「すっかり待たせてしまったな」黄色に汚れた歯をにっと見せる。「許してくれよ、かわいこちゃん。バーで旧友に出会ってな、やつが知ってるクラブに行こうと誘うものだから」

「いいんです、そんなこと」一日じゅうほとんど何も食べていないことはたしかだけれど、おなかは減っていない。「でも、お夕食をどうしようか、迷ってました」

ライオネルといっしょのところをひとに見られたくないのは事実だったが、こうしてみると、レストランで皆といっしょにいるほうがはるかに望ましかった。それどころか、この部屋に帰ってくるのを遅らせられるなら、いくらねばってもいい。

「そんなかっこうで階下に下りるつもりじゃあるまい？」

「あなたが帰ってらしてから着替えをしようと、待っていただけです」

ライオネルが歩みよってくるのを、椅子を回ってかわしながら、バスルームのドアを開ける。

「ファスナーがうまくいかないようなら声をかけろよ。わたしはファスナーの扱いには自信があるんだ」

かんぬきをかけ、音を立てないようにためしてみる。ほっとしてドアにもたれると、額に汗がふき出してくる。でも、パニックに身をゆだねるわけにはいかなかった。

シャワーを浴び、心はともかく体はリフレッシュしてシャワーを止めると、とたんに部屋の騒ぎが耳に入った。男ふたりの話し声——いや、どなりあいだ。ひどいけんかをしているらしい。アルドナが聞いたのは、その最後の部分らしかった。

「たとえ死んでも、きさまをたたき出してやるからな！」

「やりたけりゃやれよ。彼女を傷つけることなしに、わたしを傷つけられると思うんならな」

からかうように言ったのは、ライオネルだ。相手は侮蔑《ぶべつ》を込めて捨てぜりふを残す。

「くそ。もしきさまがもっと若かったら……」

短い間があって、ドアがばたんと閉まる。あとには沈黙だけが残った。なぜ、浜辺で会った男性を連想したりしたのかしら？　あのひとのことは考えたくない。食堂にあのひとがいませんように。

体をふき、ドレスを着て、ファスナーをきちんと締めてからバスルームを出る。ライオネルはすでに着替えをすませていた。廊下を通るときに見かけたシャワー室のひとつで体を洗ったのかしら？

自分が神経質なくらいきれい好きなせいで、アルドナは心から、ライオネルがシャワーを浴びてくれたことを願った。そして、陰の声にぎょっと息をのむ——そんなことにどんな意味があるっていうの、二週間、あなたの体は……。

「いままでにもまして、いちだんとあでやかじゃないか」ライオネルは歩みよって、むき出しの二の腕を湿った手でつかむ。「下に行く前に、軽くキスをしようじゃないか」

角ばった顔が近づいてくる。締まりのない口もとを見ているだけで胸が悪くなる。なぜか、おなかがごろごろと鳴った。アルドナはほとんどヒステリックな笑い声をあげる。

「あらまあ、ミスター……ライオネル、わたし、何か食べないと失神してしまいそう！」

体を硬くして、ライオネルが手を放してくれるのを待つ。あのぬれた唇が自分の唇に重なるのをがまんしなくてはいけないのだろうか？　狂ったような思いが頭をかすめる。そんなことになったら、わたしはすべてをめちゃめちゃにしてしまうわ！　衝動に負けて、相手の顔に爪を立ててしまうんじゃないかしら？　その時、やっとライオネルが手を放した。

「それじゃ食べよう。ここで失神されたんじゃ、どうしようもない」

レストランに向かうと、いくぶん落ち着きが戻ってくる。アルドナは父のことだけを考えるように努めた。いよいよその時になったら、もしがまんできなかったら父がどうなるか、そのことばかり考えるのよ。

ふたり用のテーブルに案内される。食べもののことを考えただけでものどがつまりそうだけれど、おなかがすいてると言ったからには、食べるしかない。ぐずぐずとメニューを見つめる。

フルーツジュースとサラダを添えたステーキを選ぶ。胃がなんとか持ちこたえてくれたら、アイスクリームで締めくくることにしよう。

ライオネルはワインを注文した。彼はもう三杯めにかかっているというのに、アルドナは一杯めをすすりながら、なんとかステーキのひと切れをのみ込もうとしているしまつだった。

ひと目のある席では、ライオネルもさすがにお行儀がいい。アルドナはひたすら料理を見つめ、話しかけられるとやむをえず目を上げて、むりに笑顔をつくった。

ふと、誰かがテーブルに歩みより、立ち止まったことに気づく。ライオネルが二本めのワインを注文したからワイン係が来たのかと思ったが、いつまでもワインが出てくる様子はなかった。

ちらと目を上げたとたんに、息もできなくなる。凍りついたように立ちつくしているのは、浜辺で出会ったあの男性だった。ただ、あの時のような笑顔は影すらもない。

唇が白くなるほど口もとを引き締め、アルドナに焼けつくような侮蔑のまなざしを投げる。と、ライオネルがずんぐりした手を自分の手に重ねるのを感じて、アルドナはゼブから目をそらした。

「食べろよ、かわいこちゃん。寝る前に、きみをこの島のナイト・ライフに案内したいんだよ」

これほどあからさまにふたりの関係を口に出されては、とてもゼブの顔など見ることはできない。ゼブの手を見ると、握り締めた手の甲が白くなっている。突然食欲がなくなったかのように、ゼブはくるりと背中を向けて、食堂から出ていった。

ライオネルはテーブルのそばで立ち止まった男性についてひと言も言わなかったけれど、気がついていたはずなのに。ゼブの目は、わたしのような女を見ると胸がむかつくと言っているように見えたもの。あれはけっして、わたしの気のせいなんかじゃないわ。

結局のところ、島のナイト・ライフに案内するという話は実現しなかった。食堂を出たとたんに、ほかのカップルとはち合わせしたせいだった。ひとりはライオネルと同年輩の男性で、女性のほうは赤みがかったブロンドで、アルドナより十歳ほど年上だった。

「エディー。きみ、意外に早く酔いが覚めたな」

「ライオネル。この悪党め！　きみ、ぼくらに紹介しないのか、きみの……友達を？　そうそう、こちらはロジーだ」アルドナをじろじろと眺め、ふと気がついたように言う。

「おやおや、これじゃ交通妨害だな。バーで一杯やらないか？」

二時間後、四人はなおもホテルのバーに腰をすえていた。アルドナは本気で、何もわからなくなるまで飲んだら、いくらかでも試練に耐えやすいのではないかと思ったものの、結局は父のしつけにそむくことができなくて、マティーニをすすっていた。ほかの三人は、すでにかなり酔っぱらっている。

アルドナの前には、マティーニのグラスが三つ並んでいるのに、ライオネルはまたもや全員にお代わりを注文する。そして、四杯めのマティーニがとどいた。エディーにはまったく好感が持てない。ライオネルより残酷なくらいだから。でも、ロジーはそんなに悪いひととは思えなかった。男性ふたりがジョークを飛ばしあっている間に、二言三言、ことばを交わす。

「さあみんな、乾杯だ」

ライオネルが言う。が、アルドナがパーティーの気分に溶け込もうとしないことに気づいて、目が険しくなった。

「この子はどうやら、ぼくらとは別のミルクを飲んで育ったらしいな」エディーのことばに、ライオネルは声をあげて笑った。

今度はエディーが全員にお代わりを頼む。退屈のあまり、アルドナは思わずあくびを漏らした。別に慣れないふりをしたからではなくて、友達とパブに行ったことくらい何度もある。

でも、その時は仲間と共通する何かがあったし、話に加わることもできた。ところがこの席では、アルドナが何か言うと、いやらしい意味にねじ曲げられてしまう。だから、この三十分というもの、ひと言も口をきいていなかった。

「疲れたのか?」

ライオネルの口調がまた険しくなる。助け船を出してくれたのはロジーだった。

「旅行すれば疲れるわよ。あんた、寝たらどう？　あたしは残って、この不良どもふたりとつきあうからさ」

〝不良〟と呼ばれたことが気に入ったらしく、ライオネルはロジーに笑いかける。それから、できるかぎりまじめな顔で考えていたが、ようやく口を開いた。

「そうだな。きみは部屋に帰れよ、かわいこちゃん。わたしはもうちょっと、ここに残ろう」

ほっとしてアルドナは立ち上がった。ロジーに心からおやすみを言い、自分を抑えて愛想良くふたりの男性にもおやすみを言う。ふたりは立ち上がろうともしない。

「すぐに彼氏を帰してやるからな」

エディーの声が追いかけてくる。アルドナは聞こえないふりをして、ふり返りもしなかった。明日の朝まで飲み明かしてくれてけっこうよ、二週間ぶっ通しで飲み続けてくれたら申しぶんないわ。

3

部屋に戻っても、アルドナはドレスを脱ごうともしなかった。椅子に座り、暗い目でじっと前を見つめる。だが、じっとしていられなくて立ち上がり、部屋を行ったり来たりしはじめる。

やがて、何かしないではいられなくなってバスルームに入り、顔を洗う。着替えた下着を洗い、タオルを巻いて固くしぼると、新しいタオルに巻き込んでスーツケースにしまう。部屋に下着を干しておきたくはなかった。

もし、わずかでも、ライオネルのずんぐりした手で起こされずにすむ可能性があるのなら、ベッドに入って眠ったふりをするのだけれど、そんな思いやりのある相手ではないことは、いやというほどわかっていた。

バスルームをきれいにして、また部屋を行ったり来たりしはじめる。廊下のもの音に、鼓動が狂ったように激しくなる。ノックの音にドアを開けると、ポーターとロジーがライオネルを両脇から支えて立っていた。

「いま、エディーを落っことしてきたところ……この荷物はどこに置く?」

ロジーはふらふらしながら、アルドナににやっと笑って見せる。ポーターは入口に近いベッドにライオネルを下ろした。アルドナがていねいにお礼を言うと、ポーターは表情も変えずに出ていった。こんなことはしょっちゅうで、もう慣れっこになっているのかもしれなかった。

ロジーもこういう場面には慣れっこらしい。自分も酔っぱらっているくせに、ライオネルの靴を脱がせ、ネクタイをゆるめてやる。それから、よろよろと体を起こすと、化粧テーブルに手をついて、アルドナに目の焦点を合わせた。

「彼氏、今夜はあんたのじゃまはしないわよ、お嬢ちゃん」ふらふらとドアに向かいながら言う。「昼過ぎまで眠ってるわね、わたしの見るところでは」

助かったとは思うものの、どこまで信用していいのか見当もつかない。たしかにライオネルはぴくりとも動かないで、いびきをかいている。眠っていても、起きている時と同じくらい、いやな感じだった。

アルドナは明かりを消し、靴を脱ぎ、けれどもドレスを着たままで、隣のベッドに横たわった。

いくらでも眠れそうなほど疲れきっていたのに、無意識に発する警戒警報のせいで夜明けとともに目覚めてしまう。いびきの音にふり向くと、ライオネルはぐっすり眠っていた。

音を立てないように用心しながらベッドを抜け出し、たんすから下着と、昨日着たスラックスとシャツを取り出す。シャワーの音で目を覚まされるのが心配で、そのまま部屋を出ると、廊下に並んでいるシャワー室に向かった。

シャワーを浴び着替えをすませると、ディナー・ドレスと下着をタオルに包む。こうしておけば、たとえ誰かに出会ったとしても、朝ひと泳ぎに出かけるところだと見えるだろう。

ホテルを出ると、足はしぜんに昨日の場所へと向かう。一泊の予定だと言っていたから、もう二度とゼブに会うことはないだろう。あんな侮蔑《ぶべつ》に満ちたまなざしを見たあとでは、わたしだって二度と顔を合わせたくはないわ……。

ふともの音に気づいて目を上げると、二度と会うはずのないひとが歩いてくる。わたしに気づかなかったなんて信じられないけれど、昨日の様子から考えれば、無視されてもしかたがないわ。

けれども、ほとんど二十メートル近くも通り過ぎてから、ゼブはくるりとふり返った。つっ立ったまま、じっとアルドナを見つめている。

アルドナは立ち上がってホテルに帰りたかった。ゼブの厳しい目を見れば、たとえ声をかけてくれたとしても、不愉快なことばにちがいない。これ以上、不愉快な思いには耐えられそうになかった。

　でも、ホテルに帰っても何をすればいいのだろう？　朝食にはまだ早すぎる。アルドナはそのまま座っていた。ゼブからも目を離さなかった。ゼブもじっとアルドナを見すえたまま歩みよってくる。

　アルドナの目の前で立ち止まっても、昨日の微笑は影も形もなかった。じろじろと見回した末に口を開く。いかにも耳障りな口調だった。

「きみの夫は、きみのサービスにたいして、いったいいくら払っているんだ？」

「夫……ですって？」

「ホテルの台帳にはアルドナ・メイヒュウなんて載っていなかったぞ」つぎのことばを聞くまで、アルドナはじっとゼブの顔を見つめていた。このひとはホテルの台帳でわたしの名前を探したんだわ。「でも、ライオネル・ダウンズの記帳はあった。妻といっしょだと書いてある」

　どういう名目でライオネルが記帳しようと、アルドナは気に留めてさえいなかった。もっと大きな心配で心がいっぱいになっていたから。いまだって、ミセス・ダウンズだと思われてもなんということもない。ただ、ゼブの話していたビジネスの相手がライオネル・ダウンズだというのなら話は別だ。

　突然、偶然耳にした言い争いの声が耳によみがえる。相手の声は、いまわたしの前に立ちはだかっている、このひとだったようだ。だが、そのことをたしかめる暇はなかった。

「それで、きみの夫はいまどこにいる？」

「ベッドのなかよ」本当はベッドの上に転がっていると言ったほうが正しいんだけれど。

「あなた、彼を知ってるのね？　昨日、彼と……」

アルドナの質問を無視し、彼女に終わりまで言わせようともしないで、ゼブは切りつけるように最初の質問を繰り返す。

「いくらもらうんだ？　ダウンズはきみに金を払うにちがいない。きみほどの美人が相手にするだけの値打ちのある男じゃないからな――何か、よほどのえさがついていないかぎりは」

それじゃ、とにかく美人だとは思ってくれたわけね。だからって、やっとの思いで手に入れたひとりの時間にずかずかと入り込んで、悪口を言う権利があなたにあって？　そもそも、あなたになんのかかわりがあるって言うの？

あまりにも長時間、罪という罪を背負わされてきたように感じ、恥辱にまみれてひとの目を避けてきたせいで、アルドナは突然もうたくさんだという気持になった。プライドがうなりをあげ、彼女はきっと顔を上げた。

「だからどうだって言うの？　誰もあなたに払ってくれとは言ってないわ。それに、念のため言っておきますけど、何も……休暇が終わるまで待つ必要はないの。前払いでいただきましたから」

「当然だな。そこまで気がつかなくて申しわけない。きみはその方面には頭が回るたちらしい、そうなんだろう？　ひょっとすると、前の苦い経験から学んだのかもしれないな
――いったん情欲が冷めると、支払いをごまかそうとするやつもでてくるだろうからな。それで、額はいくらだった？　まだ聞いてないね」

「なぜ、興味があるの？　あなたはとても、競売に参加なさるかたとは思えないけれど
――たとえ、お金があってもね」

どうしてさっさと行ってしまわないのだろう。長い沈黙が続き、アルドナがもうゼブの視線を支えきれなくなって顔をそむけようとした時、声が飛んだ。

「いくらかは知らないが、ぼくならもっと高い値がつけられると思う」

ライオネルがいくら払ったか、相手が答えを待っていることはわかっていた。平凡な人生を送ってきて、最大の事件が六週間婚約していたことというアルドナ・メイヒュウがこんな立場に立たされるなんて、まだ信じられない。それどころか、逃げ出しもせず、平然と答えを口に出すなんて。

「小切手は二千ポンドだったわ」

「二千ポンド？　こりゃすごい！　きみには何か、特別なものがあるにちがいないな」

アルドナはタオルを探す。もういや。これ以上ここにいたら、戻してしまうわ。

「あなたにはけっしてわからないものがね、そういうことになるでしょう？」

「それはどうかな」びくっとして目を上げると、ゼブが値ぶみするように自分を見ていることがわかった。視線は顔を離れて、胸に留まる。「ぼくは貧しくはない」視線は胸から唇へ、そして大きく見開いた茶色の目へと戻った。「その値段なら、競り勝つこともできるだろう」彼女は呆然《ぼうぜん》としてゼブを見つめるばかりだった。このひとはおだやかに、まるでわたしを市場で競りにかけているような口をきいている。「でも、まず、品物の味見をしてからだ」

品物の味見ですって！　あまりの侮辱に、アルドナはぱっと立ち上がった。が、それはかえって相手の思うつぼだった。ゼブは軽く二十センチも背が高くて、逃げ出そうとするアルドナをやすやすと捕まえてしまう。

「買い手の特権だと思うがね」

はっとしてさからうアルドナを力ずくで抱きよせると、顔をよせてくる。熱い唇が重ねられた。押し返そうとし、足でけろうとしても、力の差はどうしようもなく、思いきりけりあげた足が空を切ると、アルドナはバランスを失い、かえって砂浜の上に横たえられてしまった。

そこでキスを中断すると、ゼブはアルドナの両手を捕まえ、片方は自分の体の下に敷き、右脚でアルドナの両脚を押さえつけると、右手でもう片方の手を砂浜に押しつける。

「力を抜いて楽しめよ」口調はおだやかだった。

「きみの良さを見せてくれ、ミセス・ダウンズ」

あいかわらずゼブは侮辱することをやめない。体を弓なりにして逃れようとしても、かえって体が密着するだけだった。

「放してちょうだい！」

かっとして叫ぶ。が、そのあとはゼブの唇にふさがれて声にはならなかった。しかも今度は、侮辱するようなキスではなくて、アルドナの反応を引き出そうとするキスだった。ゼブにはもはや、さっきの怒りはなかった。彼女は声も出ない。そして唇が覆われて、そのチャンスも失われていた。

自分がどうなったのか、アルドナにはわからなかった。しだいにたかまる快楽のさざ波があった――でも、それは押し殺さなければ。でないとゼブに、値段さえ折り合えば、誰にでも媚《こび》を売る女だと思い込まれてしまう。

ゼブがかきたてる危険な官能との闘いが頂点に達した時、ふいにゼブの唇が離れ、体の自由も戻った。ゼブはアルドナの横に片ひじを立てて寝そべり、アルドナの顔を見下ろしていた。

「味見としては、悪くなかった。とはいえ、きみがやる気を出せば、もっとうまくやれることはまちがいない。とにかく……」

「とにかくも何もないわ！」

アルドナはすばやくわれに返って言った。とはいえ、どこかで抵抗をやめてしまい、相手はそんなに時間をかけなくてもアルドナを夢中にできると思ってしまったらしかった。

両手をついて上体を起こし、タオルの包みを拾うと、アルドナは立ち上がった。

「品物の味見をしても、時間をむだになさってるだけよ、ミスター……」

なんてこと。わたしはこのひとの姓さえ知らないんだわ。だからって、こんなに腹を立てているのに、愛称のゼブなんかでは呼ぶ気にならない。

「そうかな？」

「ええ、そうよ。あなたは今日発《た》つんだし、わたしはここで二週間過ごすんですもの。だから、お互い、二度と顔を合わせることもないのよ――わたしのほうはほっとしてますけど」

アルドナは答えも待たずに、早足で歩きだした。駆けだしたいところだが、それだけはがまんする。こんなに深く、こんなに巧みに……そしてこんなにすてきにキスされたのは、生まれて初めての経験だった。

朝食用の食堂がオープンしているのを見て、ホテルに戻る。コーヒーが飲みたかったし、断じて部屋には帰りたくなかった。入口が見える席に座り、ゼブが入ってきたら立つつもりだった。

でも、最初のコーヒーを飲み終えると、緊張がほぐれてくる。たとえゼブが入ってきても、まさか同じテーブルについたりはしないだろう。二杯めのコーヒーをつぐと、アルドナはトーストを注文した。

浜辺でのゼブのことばがよみがえる。もちろん、本気でライオネルからわたしを買い取る気なんかなかったにちがいない。ただ、わたしにみじめな思いを味わわせたかっただけ――そんなことしなくても、充分すぎるくらいみじめなのに！

客の出入りが激しくなって、それ以上は食堂にいられなくなると、ラウンジで新聞をすみからすみまで読む。ホテルを出て、島を見て歩きたかったけれど、障害がふたつあった。ひとつは、うっかりハンドバッグを部屋に置いてきたせいで、お金を持っていないこと。ふたつには、ライオネルが目を覚ましてアルドナがいないことで腹を立てても、ずっとホテルにいたと言い返せたほうがいいこと。

それからお昼までの時間を、ラウンジに人が入ってくるたびにライオネルではないかと思って、びくびくして過ごす。一時間たってもライオネルは現れず、おなかがすいてアルドナは食堂に戻った。

三時近くなると、頭痛がしはじめる。これ以上、部屋に帰るのを遅らせるわけにはいかないとわかっているせいだった。

おずおずと部屋のドアを開けると、ライオネルはベッドの上に座っていたが、見るからに二日酔いだった。赤い目をきょろきょろさせているところを見ると、いま目を覚ましたところかもしれない。

「いったいどこに行ってた？　だいぶ前に部屋の掃除だと言って起こされた時も、部屋にいなかったな」

「動き回っておじゃまをしたくなかったから、ラウンジに座ってました」

ライオネルは思いやりに感謝する代わりに、乾いた舌で唇をなめ、アルドナを見つめる。目に欲望が光った。

「ここに来い」

「わたし……あの、頭が痛くて」

ぎくっとして、最初に頭に浮かんだ言いわけを持ち出す。たしかに、頭痛はあった。

「わたしだってそうさ」容赦のない返事だった。「ここに来いよ」

アルドナは凍りついたように立ちつくす。太りすぎの男は、ベッドから立ち上がるとのっそりとアルドナに歩みよった。

「わたしのベッドに入るんだ。引きずってでも、そうさせてやるぞ」

欲望に濁った声で言うと、二倍の体重差でアルドナを引きずり、ベッドの上に押し倒す。恐怖とヒステリーの発作のなかでアルドナは悟った――たとえ父の死を招くことになろうとも、こんなことはがまんできない、と。

「いやよ！」ライオネルの指がファスナーにかかると、悲鳴をあげる。「いや、そんなこと、できないわ！」

「できるとも……まちがいなくできるとも。長いあいだこの時を待っていたんだ。これ以上はもう待てないぞ」

恐怖にわれを忘れてアルドナはあたりを見回した。ライオネルを殴りつける武器になりそうなものはなかった。争っているうちにライオネルはバランスを崩し、一瞬、アルドナはライオネルの重い体から自由になった。

ぱっとベッドを飛び出し、ドアに駆けよるとノブに手をかける。震える吐息が漏れた。ライオネルは動かない。ライオネルの二倍も身軽に動けると思うと、少しは落ち着いてくる。

「わたし……できません」のどを締めつけられているような声だった。「ごめんなさい、ミスター……あの、ライオネル……できると思ったんですけど、だめなんです」

「気がつくのが遅すぎたようだな」ライオネルは息をはずませながら、残酷に言い放つ。「おまえはできるし、またやるとも。おまえのおやじを刑務所にほうり込む力を、まだこのわたしが持っていることを忘れるんじゃない。だから、おまえがベッドに入るか、おやじにとどめを刺すか、好きにしろ」

「でも……父はあなたの二千ポンドの小切手を持ってるわ」

「だから、二千ポンドの代償をよこせと言ってるんだ」ライオネルはあざ笑う。「契約を守るか、わたしの金に利子をつけて返すか、どちらかにしろ」

「お願いよ！　お願いですから、わたしにこんなことさせないでください！」

相手の善意に訴えても時間をむだにするばかりだとはわかっていた。アルドナはあらためてドアのノブを握りなおす。

「ロンドンでの契約を守りたくないというんなら、ここで新しい契約を結ぼうじゃないか」

「どんな……契約でしょう？」

相手の目を見れば、楽しんでいるだけだとわかっていても、希望がよみがえってくる。

「今夜、ベッドに入る前に三千ポンド払うなら、おまえに目をつけたことは忘れてやろう」

「三千ポンドって？」

「利子をつけて返せと言っただろう？」ライオネルは立ち上がった。目に欲望が戻り、猫なで声に変わってあとを続ける。「さあ、おいで、かわいこちゃん。きみにそんな金ができる当てなんかないことは、ふたりともわかっているんだ。ここに来て、約束のものを払うんだよ」

ライオネルは一歩踏み出した。アルドナはドアを開けて走った。

どうやって一階上の廊下に出たのか、自分でもよくわからない。エレベーターを使った覚えも、階段を上った覚えもなかった。ただ、記憶のなかのライオネルのぼっちゃりした指に追われるように走っただけだ。あるいは、無意識のうちに、ライオネルが追いかけてくるとすれば、下の階を探すのがふつうだからと考えたのかもしれなかった。

震えながら息を吐き出す。ああ、神さま。込み上げるすすり泣きをぐっとこらえる。と、左手のドアが開いて、アルドナはショックのあまり口もきけなくなってしまった。

「おやおや」目の前に立っているのは、浜辺で思いきりアルドナをさげすんだ相手だった。「ぼくを探しに来たのかい？……その顔色じゃ気つけになるものを飲まなきゃ。入りたまえ」

呆然としたまま、彼女はゼブの部屋に引っぱり込まれる。でも、ゼブはもうチェックアウトしたはずじゃなかったかしら？　椅子に押し込まれてグラスを手渡される。スコッチのにおいがした。

ウイスキーがのどを焼く。ゼブはサイドボードにもたれて、アルドナを観察していた。神経がぴりぴりしてきて、彼女は口ごもった。

「わたし……あの……あなたを探しに来たんじゃありません。あなたはもうホテルを出たと思ってましたし……」相手はあいかわらず黙っている。「わたし、実は……ライオネルとけんかしたものだから……」

グラスをゼブに返して消えてしまいたい。アルドナはなんとか立ち上がった。と、ゼブも同時に体を起こして、アルドナを椅子に押し戻す。

「きみたちの愛の巣に、ごたごたが起きたんだな？　きみはまだ顔色が悪い。しばらく座っていたまえ」

不愉快な沈黙が部屋を満たす。でも、とにかく座っていられるのはありがたかった。頭がずきずきする。さっきの場面の反動だった。

「きみたちの〝けんか〟の原因はなんだい？」

答えたくない質問だった。ゼブにあんないやらしい場面は話したくないし、話すことで自分自身思い出したくもなかった。あの部屋にいないあいだぐらい、何もかも忘れていたい。

部屋に戻ったとたんに、似たようなことが起きるだろう。とはいえ、部屋に戻るしか道はない。思わず、ぶるっと震えてしまう。夜になるまでに三千ポンドを手に入れられないかぎりは……。

そこで、思考の糸はぷつんと切れてしまう。神さま。アルドナは祈った。どこで三千ポンドを手に入れたらいいんでしょう？

その時、まるで祈りの答えであるかのように、アルドナは目の前に立っている男性を見つめている自分に気づいた。今朝耳にしたばかりのことばがよみがえった——ぼくならもっと高い値がつけられると思う。

自分の心の動きに自分でもぎょっとして、目を丸くする。それじゃ〝フライパンから飛び出して火に飛び込む〟ってことわざそのものじゃないの！ 長身で、皮肉屋で、傲慢《ごうまん》なゼブ――でも、はるかに年齢は近い。三十代半ばですもの。

心を乱すキスを思い浮かべ、自分の思いつきに胸が悪くなる。父の心臓病のことを思い浮かべ、ほかにどんな道があるの？ と反問する――もし、どうしても自分の体を売るしかないのなら、まだしもまっとうな相手に売ったほうが……。

「あのう……」

口を開いたものの、時間がなくてせっぱつまっていることはわかっていても、どうしてもことばにはできなかった。

「ずっときみの顔を観察していたんだがね。絶望して途方に暮れている顔に、突然すてきなアイデアがひらめいたように見えたぞ」けっして優しい表情とは言えなかった。「思いきって言っちまえよ、アルドナ。ぼくはたいていのことにはショックを受けないたちなんだ」

「あのう……」ゼブになんと思われようと、たずねてみるしかない。アルドナは目を伏せ、のろのろと冷ややかな声で言った。「浜辺でのことですけれど、ぼくならもっと高い値がつけられると思う……あなた、そうおっしゃったわね」

ああ、みじめだわ。自分で自分を笑いものにしていることは、よくわかっていた。だが、ゼブが見た絶望もまた、本物だった。周りの空気が凍りついてしまったような感じがする。身も凍るような沈黙に向かって、アルドナは、言わねばならないことばを言った。

「あなた、本気でしたの？」

凍りついた空気にひびが入った。彼女は目を閉じ、じっとゼブの宣告を待った。

4

心が宙づりになったようで、なんの思いも浮かんでこない。ただ、覚悟していたように、ゼブはアルドナの襟首をつかんで廊下にほうり出したりはしなかった。

「どうやら、ダウンズの処方箋《しょほうせん》では、きみの血は騒がなかったようだな」嫌悪のにじむ声で言う。アルドナの質問にはまるで答えようともしない。「どうした、アルドナ？　突然、二千ポンドじゃ足りないと気がついたのか？　あいつにおもちゃにされるのをがまんし、きみを抱いてはあはあと荒い息をするのを聞き、裸になったぶよぶよの体を見るには、それだけじゃ足りないと気づいたんだな？」

アルドナは立ち上がろうとし、ゼブに乱暴に椅子に押し戻された。ある意味で、そんなふうに言われてもしかたがないと思えてくる。それに、自分があんな質問を本気で口に出したのもショックだった。

ゼブの嫌悪感もあらわな顔を見て、アルドナはつんとあごを上げる。プライドはもう影も形もなくなっていたけれど、せめてこの部屋を出る時くらいは、ちゃんとしていたかった。

「ばかなこときいてごめんなさい。状況を誤解していたことがはっきりわかりました。そこを通してくだされば、もう二度とあなたのおじゃまはいたしません」

ゼブはどこうともせず、じっとアルドナを見つめて、ずばりと言った。

「河岸を変えて商売に精を出すつもりなのか？」

アルドナは、平手打ちを食らったように顔をそむけた。さっと血が引き、胃を締めつけられる思いがした。ゼブも目をそらす。いまのは反則打だったというような表情が浮かんだと思ったのは、アルドナの気のせいだったろうか？

ゼブはしかし、謝ろうとはしなかった。視線をアルドナに戻し、慎重にことばを続ける。

「女性とつきあって、実際にキャッシュを与えたことは一度もないんだが……今朝、きみにキスした記憶に照らし合わせると、きみを転がすのはいやだとは言えないな」

いままでにもまして、打ちのめされた感じがあった。ゼブはもちろん、女友達にこんなひどいことばは使わないだろう。でも、はっきり身持ちの良くない女だという印象を与えたのは自分のほうなのだから、これが当然かもしれなかった。

「いやだとは言えないって？」

ゼブの同意を得るためには、胸のむかつくこの会話を続けるしかなかった。でも、ライオネルのもとにとどまらねばならなくなると思っただけで、どんな扱いでも受け入れようと覚悟がきまる。込み上げてくる涙を抑えたのも、そういう女だと思っていてほしかったからだった。

「もしきみを買うとしたら、きみはぼくの部屋に来て、ダウンズとはすべての関係を断ち切るというのが条件になるが」

喜んで！　でも、うれしそうな表情がちらとゼブの顔をかすめたのはなぜかしら？　わたしをベッドに連れ込めるためではないわ。はっと思いあたることがあった――ライオネルと言い争っていたのは、やっぱりゼブだったんだわ。きっと、ライオネルが親密な二週間を過ごそうと楽しみにしていた相手を奪うのがうれしいのね。

頭痛がこんなにひどくなかったら、どんなやりとりをしていたか思い出せるのに……が、いまの話しあいのことを考えるのが精一杯で、何ひとつ思い出すことはできなかった。

「それはかまいません」

「すると、残る問題はひとつだな。きみは、ぼくが競りに高い値をつけると言ったことを持ち出したが、それはつまり、代価がいくらか値上がりしたということなんだな？」

「三千でどうかと思ったんですけれど」

金額についてはまたたきひとつしなかったが、アルドナを見やったゼブの目には、はっきりと嫌悪が宿っていた。まるで女としてはどうでもいいが、ライオネルに思い知らせるチャンスを逃すわけにいかないという感じだった。

「あのう……お金は前払いしていただけるんでしょうか？」

「きみの商売の習慣なんだろう？」

ゼブは衣装戸棚に歩みよると、上着のポケットから小切手帳とペンを取り出した。

「あの、キャッシュにできるようにしてくださいい、お願いします」

サインはすぐすんだが、差し出された小切手は二枚だった。アルドナはもの問いたげな目を向ける。

「一枚は二千ポンドでダウンズあてだ。これで、やつからきみを買い取ることになる。もう一枚は一千ポンドで、きみの言うとおり持参人払いにしてある」

ぐずぐず言うと、すぐにも手を引きそうだった。アルドナは礼儀正しくありがとうと言おうとしたが、口を開く前にゼブは気を変え、小切手を一枚だけ手渡す。

「やっぱり、ぼくもいっしょに行こう」

どうやら、ライオネルの鼻先からアルドナをかっさらう満足感を味わいたくてうずうずしているらしいとはわかったが、アルドナにしてみれば、それだけはできなかった。

あの部屋にひとりで帰ると考えただけで、勇気のすべてをふるい起こさなければならない。だが、こんなことも、父のためにこそしているのだった。ゼブとライオネルは知り合いらしいから、自分のことで口論になって、はずみでなぜマルタ島に来たかという理由まで表に出ないともかぎらない。

父が何をしたか、ライオネルが知っているだけでもひどいことなのに、ゼブにまで知られたら、言うことを聞くしかない相手がもうひとり増えることになってしまう。

「いいえ、そんなことできません。せめて、ふたりだけで話をつけるだけの義理は、ライオネルにたいしてありますから――わたしなりのやりかたでやるか、ご破算にするかです」

ゼブは長いあいだ、厳しい目でアルドナを見つめていた。〝ご破算にする〟ということばが出ることをアルドナが覚悟した時、ゼブはふいに折れて、もう一枚の小切手も渡してくれる。

アルドナは二枚の小切手を見もしないでふたつに折った。立ち上がったものの、どういうせりふで退場すればいいのかわからない。

「それじゃ……あのう……またあとで」

ありがたいことに、部屋に戻ってみると、ライオネルの姿はなかった。あのずるい目に見つめられながら荷造りしないですむと思うと、頭痛まで軽くなった感じがする。

スーツケースに鍵《かぎ》をかけている時、ドアが開いた。とたんに頭が働かなくなってしまう。ライオネルは目ざとくスーツケースに目を留めて、ドアを閉めた。

「いったい何をしとる?」

「わたしたち、新しい契約をしましたわね」化粧机の上の二枚の小切手を指差す。「そこに三千ポンドあります——だから、出ていきます」

「出ていくだと！」ライオネルはアルドナのことばなど信じていないというように、小切手を手に取った。「なんとまあ！」

とたんにアルドナは不安になる。金額も、サインもたしかめてはいなかった。まさか、ゼブはわたしをからかったんじゃ……。

「その小切手」声がかすれていく。「二枚で三千ポンドになるでしょう？」

ライオネルの顔には別の表情が浮かんでいた。金にたいする貪欲《どんよく》さは、女性にたいする欲望と同じくらい強いらしい。そうなると、そもそもあっさり二千ポンドを手放したのが不思議だった。

「そうとも。二枚でたしかに三千ポンドになる。すると、ゼブがわたしと手を切らせたんだな？」

また、心のなかでアルドナを裸にしているような目つきが戻り、ライオネルが歩みよってくる。アルドナはあらかじめ椅子のうしろに回っていた。まだひとつはっきりさせなければならないことが残っている以上、逃げ出すわけにはいかない。

「父のことですけど、もう心配ないと約束してくださる？」

「おまえの父親だと？」

心ここにあらずといった口調だった。いまは小切手のことさえ念頭にないらしい。あるのはただ、情欲に濁ったまなざしだけだった。

「わたしの父のことですけど、あなたはまだ、父を刑務所に送る力を持っているっておっしゃったわ。そんなこと、なさらないわね？　いまはお金を取り戻して、そのうえ一千ポンドも手に入れたんですから」

一瞬、目から情欲の光が薄れたのは、小切手のことを思い出したせいらしかった。やっぱり、お金がいちばん好きなのかもしれないわ。

「ことわたしに関するかぎり、おやじさんのことは心配せんでいい。新雪のように真っ白でいられるとも」

それが、聞きたいことのすべてだった。アルドナはスーツケースに手を伸ばした。その瞬間をねらってライオネルが飛びかかり、アルドナの手をつかんで引きよせようとする。

「一度だけキスしよう、いい子だ――きみの父親にしてやったことを考えれば、大きすぎる頼みとは言えないだろう？」

そんなことはなかった。しかも、アルドナはライオネルを信用していなかった。いったんあのぶよぶよした手につかまってしまったら、キス以上のものを手に入れるまで放してくれるはずがない。

返事をせず、どうしようか迷っていると見せかけて、ふいに力まかせに手をふりほどくとドアに駆けよる。ドアは開いたが、ライオネルの手もアルドナの襟にかかって、シャツが半ば引きずり上げられてしまう。

アルドナをドアから引き離すと、ライオネルはドアをばたんと閉めた。が、閉まりきらない。高価そうないい靴の爪先がドアからのぞいていた。

ゼブだった。ひと目でその場の成り行きを見てとると、青い顔をして震えているアルドナに歩みより、シャツを元に戻したうえで子供にしてやるようにはずれたボタンをはめてくれる。

それから、くるりとライオネル・ダウンズに向きなおり、氷のような表情で言い渡す。

「ぼくの商品だと思うが」

ショルダー・バッグをアルドナの手に押しつけ、床からスーツケースを拾い上げると、冷ややかにアルドナを連れて部屋を出た。

自分の部屋に戻っても、ゼブはひと言も口をきかなかった。この部屋で、ゼブの滞在中はいっしょに過ごすことになるのだ。それがどれくらいの期間になるのか、見当もつかない。

と、その時、急に視界がぼやけた。いくらまばたきしても、はっきりものを見ることができない。この水のなかを泳いでいるような感覚は、一度だけ覚えがある——偏頭痛の前兆だった。

視界がゆれる。アルドナは椅子に腰を下ろした。そして、何も見えなくなった。二度めだからそれほどあわてず、目をつぶって椅子の背に頭をもたせかけた。

最初の時も、悪夢のような体験のあとに起こった。父が心臓の発作で倒れ、救急車で病院に運び込まれて集中治療室で一週間を過ごし、やっと普通病棟に戻った直後のことだった。

同じ症状だとはっきりわかる。ライオネル・ダウンズの手から救い出されたことで、緊張しきっていた意識がふっとゆるんだせいかしら？　でも、まだ悪夢は終わっていないのに。今夜、わたしは一時的な所有者になったひとと、ベッドをともにしなければならないのに。

医師の説明ははっきり覚えている。偏頭痛は、ひとたびはじまったら成り行きにまかせるしか手のほどこしようがない。そしてもう痛みがはじまっていた。部屋を歩いているゼブの足音が、まるで象の大群の襲来のように響く。

「水溶性アスピリンをお持ちじゃないかしら？」

「日が暮れたばかりなのに頭痛だなんて、ちょっと早すぎやしないか？」

皮肉たっぷりの返事だった。足音は続くが、アルドナは目を開けることもできなかった。返事をしないでいると、ゼブが歩みよってきた。はっと息をのむ音が十倍にもなって聞こえる。

「きみ、頭痛がするときは、いつもそんなに薄緑色の顔になるのか？」

「偏頭痛なんです」

「ベッドに入りたまえ。ぼくはアスピリンを探してくる」

ゼブの足音がしなくなると、アルドナは立ち上がろうとしてみた。が、痛みが全身を貫く。ゼブが帰ってきた足音に目を開くが、ただ暗黒があるだけだった。

「ベッドに入ったほうが楽じゃないのか？　結局、アスピリンもいらなかったのか？」

「わたし、目が見えないんです」

両手を差し出したものの、方向をまちがえてゼブの腕にぶつかってしまう。ゼブはその手をつかまえ、てのひらを上に向けてグラスを持たせてくれた。

彼女が飲み終わるのを待ってグラスを取り上げ、どこかに置いて戻ってくると、アルドナの二の腕をつかんで椅子から立ち上がらせる。

「今度はベッドだ」

何がどうなっているのかわからないうちに、ゼブが服に手をかける。ぱっと身を引こうとして激痛に襲われ、ゼブにすがりついてしまう。

言われるままにズボンから足を抜く。ズボンといっしょに下着まで下がったのがわかったけれど、頭痛がひどくて引き上げることもできない。また激痛に襲われて、そのままゼブにすがりつく。

アルドナの両腕を自分の首に回して、ゼブが抱き上げてベッドに運んでくれる。音に過敏になっているせいで、ゼブの口調の変化がはっきりわかった。

「きみは温かくて、いいにおいがするな」

ベッドに横たわり、冷たいシーツにくるまれる。ゼブが人間の感覚はだまされやすいというようなことを言うのが聞こえ、同時に激痛が押しよせてきた。カーテンを引く音が聞こえ、ゼブの足音が遠ざかっていった。


どの段階で頭痛がゆるんで眠りに落ちたのか、アルドナにはわからなかった。でも、そう長く眠っていた感じはない。まだ視力が戻っていないのかと思ったが、しばらくすると明暗が見分けられるようになる。明かりは窓の外から来ているようだった。

まだ頭はぼんやりしているけれど、激痛はもうなかった。起き上がろうとして掛け布団を押しやったとたん、ぎょっとして息をのむ。何ひとつ身につけていない！

全身がかっとほてるのを感じながら、あったことをひとつひとつ、スローモーション・フィルムのように思い出す。裸にしたのはゼブなんだわ！　わたしもされるままになっていたんだ！

手探りでバスルームまで行き、ドアの内側にかかっていたローブをはおる。ゼブが帰ってきた時裸でいたくはなかった。寝室に戻って明かりをつけると、着ていた服は椅子の上だった。

着替えをしたいと思ったけれど、まだふらふらするので、とりあえず腰を下ろす。ここにこんなかっこうでいたくはないけれど、ドレスに着替えて階下《した》に下りていくのはまだむりだった。

ベッドのそばのテーブルに自分の時計を見つけ、立ち上がって見に行く。すでに十一時過ぎだ。いずれにしても、もう夕食には遅すぎる。といって、さっきまで着ていたズボンとシャツをまた着たところでどうしようもなかった。それどころか、ゼブは苦笑して、また脱がそうとするかもしれない。

やっと衣装戸棚の上に自分のスーツケースを見つける。下ろす時に、どしんと大きな音を立ててしまう。ゼブがいつ戻ってくるかもしれないので、急いでコットンのナイトドレスを引っぱり出し、スーツケースを元の場所に戻す。

バスルームで顔を洗い、ナイトドレスを着る。今夜、ゼブのそばで寝なければならないとしても、せめて何か身につけていたかった。あるいは、寝たふりをしていれば、まだ偏頭痛がおさまらないと思ってくれるかもしれない。ライオネルなら容赦はしないだろうけれど、ゼブはちがうもの。

ベッドに入ったアルドナの心は、恐れと希望とでいっぱいだった。掛け布団を首まで引っ張り上げた時、部屋の明かりを消し忘れていたことに気づく。起き上がろうとしたとたんに、ドアの鍵が開く音が聞こえた。

目を丸くして、部屋に入ってくるゼブを見つめる。寝たふりをするつもりでいたことなど、すっかり忘れていた。ゼブは青みがかったグレーのラウンジ・スーツ姿だった。ドアを閉め、ベッドに歩みよると彼女の顔をのぞき込む。

「頭のぐあいはどうだ?」

「ずっと良くなったわ、おかげさまで」

「目もちゃんと見えるのかい?」

「ええ」

「よかったね。それじゃ、ホテルの医者を呼ぶまでもないな」

「お医者さま?」

驚いて、茶色の瞳をゼブに向ける。

「さっきまで、ホテルの医者と話していたんだ。医者の話では、偏頭痛がはじまったら止められないが、症状を軽くする注射ならあるそうだ。でも、すっかり治ったようだから……」

「まだ頭がぼうっとしているの」

アルドナはあわてて言う。病人だから、手を触れないでと言わんばかりに。

「きみに何か食べるものを運ばせよう」

電話に歩みよるゼブの背中に、声をかける。

「わたし、何も食べられないわ。本当よ」

わたしが食事をしていないことを覚えていてくれたなんて。ゼブはふり返り、アルドナのことばに従って戻ってくる。

ベッドのそばの小さなテーブル・ランプのスイッチを入れ、天井の明かりを消す。ゼブがネクタイをほどいて椅子の背にかけ、シャツのボタンをはずしにかかるところまで見て、アルドナは目をつぶった。

やがて、ベッドが沈み、ゼブが来たことがわかる。ネクタイをほどくのを見た時にはじまったかすかな震えは、まだ止まらない。すぐにもゼブに気づかれてしまうんじゃないかしら？

ゼブの手が左の肩にかかり、アルドナはびくっとして目を開いた。ランプはついたままだった。ゼブの上体が半ばアルドナの上体を覆う。濃いグレーの目に吸い込まれてしまいそう。ゼブの乾いた熱い手をナイトドレス越しに感じたとたんに、アルドナははっとして息をのんだ。

「これはなんだ？　きみのすばらしい体を、こんな慎み深い代物で隠した覚えはないぞ」

「わたし……あの……好きじゃないんです。何も着ないで眠るのは」

「ぼくは好きさ」平然と言う。まあ、それじゃ、裸なんだわ！「きみが震えているのは、偏頭痛の後遺症なのか？」

「わたし……あの……」

それっきり何も言えなくなってしまう。ゼブの指先がナイトドレスの下に入ってきて、そっと肩を愛撫《あいぶ》しはじめた。

パニックがすぐそこまで来ていた。ゼブの顔が近づいてくる。むき出しにされた胸にゼブの唇が触れたとたんに、アルドナの手は反射的にゼブを押し戻そうとしていた。

「お願い！」声までかすれていた。「ああ、ゼブ……そんなことしないで！」

ゼブは顔を上げると、またもアルドナの顔を観察する。目に涙がにじんでいるのを苦痛のせいだと思ったらしいのも、むりのないことだった。胸を愛撫していた手が肩に戻る。

肩を痛いほど握り締めて、ゼブは欲望を抑えてくれた。両手が体を離れていって初めて、アルドナは自由に呼吸できるようになった。わたしが完全に回復するまで、自分のものにするのを待ってくれたんだわ。

「ぐっすりおやすみ、アルドナ」声に皮肉な響きがあった。「ぼくは早起きだと言っても、きみの眠りを妨げることはないだろう？　もしかしてきみも、ぼくと同じに、朝、愛し合って一日の楽しいスタートをきるのが好きになるかもしれないぞ」

ランプの明かりを消す音に、アルドナは目を開いた。ゼブはアルドナに背中を向け、ふり向いて肩越しに言った。

「いい夢を見ろよ、かわいこちゃん」

いい夢どころか、アルドナはただゼブの呼吸がしだいに深くなって眠りに落ちるのをじっと聞いていただけだった。〝かわいこちゃん〟なんて、いやな呼びかたをしなければいいのに。どうしてもライオネルを思い出してしまう。そして、自分が三千ポンドで買われたことも。この現実のほうが、悪夢だった。

浜辺でゼブとキスしたときのことを思い出す。明日の朝目を覚ましたら、三千ポンドの代償を受け取るつもりだとゼブがほのめかしたことも。さっきでさえ、ゼブにさわられたとたんに、ちりちりするような感覚が目覚めたことも。

たぶん、それがパニックの原因だったんだわ。ゼブが巧みな愛撫をはじめ、キスをし、それ以上に進んだとき、きっとわたしは官能の喜びを呼び覚まされてしまうにちがいない。

父を救うために自分を売る覚悟をしてマルタ島に来たけれど、そのことによって罰せられないかぎり、そのあとの人生を生きていくことはできない。ゼブに抱かれて、体を売りながら自分も快楽を味わってしまったら、どうして自分自身を許すことができるだろう？

夜はいたずらに過ぎていく。でも、ライオネルとゼブがお互いに憎み合っていることは明らかだから、もしわたしが逃げ出したとしても、ライオネルがわたしの居場所をゼブに教えることはけっしてないだろう。

きたない手だとは思うけれど、それしか生きていく道がないのなら、やってみるしかない。ゼブはぐっすり眠っている。アルドナはそっとベッドを抜け出した。

スーツケースを下ろした時ずいぶん大きな音がしたことを思い出して、ここに置いていくしかないと思う。パスポートはバッグに入っているし、隣の椅子にはズボンとシャツが置いてある。

貯金の残りを全部持ってきておいてよかったわ。なんとか帰りの飛行機代はまにあいそう。バッグと服を手に、爪先立ちで部屋を出る。廊下に出てシャワールームのひとつに逃げ込んだ時、アルドナはびっしょりと汗をかいていた。

さっとシャワーを浴び、着替えをすましてナイトドレスをバッグにしまう。あとは大金持みたいな顔をして、真夜中に空港までタクシーを飛ばすのも当然といった口調で、フロントに車を呼ばせればいい。

5

アルドナが心から安堵《あんど》の吐息をついたのは、自分のアパートに帰ってたっぷり十分もたったあとだった。緊張がほぐれて、やっと終わったと納得できたのは、その一時間後のことだ。

いつゼブが現れ、〝ぼくの商品だから〟と言って引き立てにくるかと、びくびくしながら過ごしたルア空港でのあの時間のはてしなかったこと。ロンドン便が離陸したのは午前九時だった。

その午後、保育園のミセス・アームストロングに、予定が変わったから、必要なら明日からでも出勤しますけど、と電話する。

「まあ、そうしてくれる、アルドナ? ウェンディの風邪がまだ治らないのよ。助かるわ」

つぎは父についた嘘《うそ》のあと始末だった。二週間後に父の家を訪ねるとしても、ヒラリーと赤ちゃんについて嘘の話を考え出さなくてはならない。やっぱり、行かなかったことを伝えておこう。

電話口に出たのはバーバラだった。以前のようにとりすました口調ではない。父の健康をふたりとも気づかっていることが、氷を溶かしたのかもしれなかった。

「何か伝えておきましょうか？」

「わたし、ヒラリーの家には行かなかったの。保育園の助手がひとり病気で休んでいて、手が足りないから、休暇は取りやめにしたわ。ヒラリーの家ならいつでも行けるんですもの」

「じゃ、いつもどおり水曜日に来るわね？」

「あの……火曜日の夜に変えちゃいけない？」

「いいわよ。それならわたしも家にいられるし」大きく息を吸い込んでいるような間があった。「そろそろわたしたち、お互いに知り合わなくてはね、アルドナ」

幸せな思いで部屋に戻る。義理の母の声は温かかった。

自分のほうから友情を求めて握手の手を差し伸べるなんて、バーバラはえらいわ。このチャンスを逃さないようにしよう。

翌日の夜、アルドナは昔の家のベルを鳴らした。バーバラがドアを開けてくれる。

「ハロー。あなた、鍵《かぎ》を忘れたの？」

「わたし……いつもどうしようかと迷ってしまうの」ためらいながら言う。「わたしが勝手に入っていったら、あなたがどう思うかと思って」

「わたしはね、あなたにいつまでも、この家を自分の家だと思っていてほしいの――これからは鍵を使って入ってね、アルドナ」

一瞬、アルドナはどう答えていいかわからなかった。

父と結婚し、父を幸せにしてくれているひと。たとえお金のかかる趣味の持ち主でも、温かい思いが胸に広がってくる。アルドナは顔をよせて、初めてバーバラのほおにキスした。

「ありがとう」

ただそれだけ言う。バーバラの顔に明るい微笑が広がっていった。居間に入ると、父はすぐ立ち上がった。ひと目で、前見た時とはまるでちがうことに気がつく。

まるで健康そのものといった様子だった。そして、アルドナもとっくに知っていた――社外監査が来ようと来まいと、父にはなんの心配もなくなったということを。

「パパ、元気そうね」

「いつだって元気さ。おまえ、ちゃんと食事をしているのか？　家にいたころよりやせて見えるぞ」

たしかに、先週の水曜日から、三キロもやせてしまった。でも、すべてが終わったいま、体重くらいすぐ取り戻せるだろう。

「もちろん、たっぷり食べてるわよ。ひとのことは気にしなくていいっていうのは、パパのお得意のせりふじゃなかったかしら？」

そのあと二十分ほどおしゃべりをしていて、アルドナは、ギーがとっくに仕事に戻っていることを思い出す。ギーの性格から考えて、たぶん婚約解消のことは話していないだろう。

男手ひとつで自分を育ててくれた父を見ていると、心の底から愛情があふれてくる。とても元気そうだし、幸せそうだ。

たったひとつの過ちのせいで、わたしは一生、心の傷を負うところだったけれど、許すことに理由など必要なかった。愛する相手に、ひとは許すかどうかなど考えはしない。許しは自然にやってくるのだから。

「パパ」バーバラを見やって、義母にも話を聞いてほしいことを目で伝える。「わたし……あの……ギーとの婚約は解消したのよ」

父がバーバラと視線を交わすのを見て、はっとする。うろたえて妻に救いを求めたんじゃないかしら？　が、視線をアルドナに戻した父は、静かに答えた。

「知っていたよ」

「知ってたの！」

とすれば、ギーが話したんだわ。

「ライオネル・ダウンズから聞いた――先週の水曜日、おまえを送って戻ってきた時にね」

まあ、よくもそんな！　わざわざ口止めをしておいたのに。父の心の重荷をさらに増やして、そのうえ娘にまで心を打ち明けてもらえなかったと寂しい思いを味わわせたなんて、許せないわ。

それとも、二千ポンドの小切手を父に渡したあとで言ったのかしら？　バーバラは、帰ってみたらいつもの夫に戻っていたと言ってたけれど、お金が手に入った安心が大きくて、わたしの婚約解消のことなんか吹き飛んでしまったのかもしれない。

「わたし……自分の口から言うつもりでいたんだけれど、ライオネル・ダウンズがいたから話せなかっただけ。そしたら、帰りの車で、わたしが婚約指輪をはずしていることに彼が気づいて……」ギーが父のお気に入りだったことを思い出して、言い添える。「怒ってないわね、パパ？　わたし、ただ……」

「おまえにふさわしい男ではなかった」

「ふさわしい男じゃなかったですって！」彼女は仰天した。「でも、パパは気に入ってらしたと思ってたのに」

「あの男は……」ローランド・メイヒュウはことばを切り、またバーバラと視線を交わした。アルドナは、父はけっしてひとのことを悪く言わないひとだったことを思い出す。いまもまた、こう繰り返しただけだった。「おまえにふさわしい男ではなかった。あの男にはおまえはもったいなすぎるとも」

そのあとは幸せな時間が過ぎた。バーバラはことあるごとにアルドナを歓迎する様子を見せ、三人は心からくつろぎ、義理の母娘《おやこ》のあいだのわだかまりはかけらも残っていなかった。

その週の残りの日々も、いつもと同じに過ぎていった。仕事が終わるとまっすぐ自分の部屋に戻り、読書や繕いものなどをして、くつろいで過ごす。

このところギーと出歩くことが多かったが、いまはしばらく落ち着いていたいと思う。マルタ島での体験は、まだ心にかすかな傷あとを残していた。ゼブのこともしょっちゅう心に浮かび、そのたびに胃の縮まる思いを味わった。

翌週の終わりごろには、マルタ島の記憶もかなり薄らいでいた。ゼブの顔は心に焼きついていたが、三千ポンドもだまし取った相手なのだから、忘れられないのもしかたのないことかもしれない。

そして日曜日の夕方六時、ドアをノックする音がした。マルタ島を逃げ出してから、もう二週間近い。が、ドアを開けたとたんに、あの時の胸のむかつく思いがよみがえる。戸口に立っているのは、ライオネル・ダウンズだった。

階段をいくつも上ってきたせいで、はあはあと息をはずませている。アルコールのにおいが鼻をついた。

同じアパートの住人に話を聞かれたくないので、黙って部屋には入れたが、ドアのそばに立ったまま、相手が口を開くのを待つ。

「きみはわたしに借りがあるんだぜ――きみにもらった小切手は、紙くずだった」

「紙くずですって?」

まさか、そんな! ゼブは自分で、貧しくはないって言っていたし、洋服だって高価そうなものばかり持ってたのに。

たしかに小切手帳さえあれば三千ポンドの小切手は切れるし、だからと言って銀行口座にそれだけあるとはかぎらないけれど。

「つまり……銀行口座に三千ポンドなかったということでしょうか?」

「やつなら使いきれんほど金を持ってるさ。ただ、あの小切手を支払い停止にしおったのさ」

まるで胃をけり上げられたような気分だった。まったくの不意打ちだった。もちろん、考えておかなければいけないことだったとは思う――お金をもらっておいて、ただ逃げ出せばすむとでも思っていたの?

顔から血が引いていくのがわかった。ライオネルもそれを見て、すっかりおびえさせたことを知ったらしいが、だからと言って、容赦するような男ではなかった。

「わたしの金を返せ。返さないんなら……」

いや！　どんなことになろうとも、二度とあんなことはできないわ！　自分とベッドに入ると思っただけで胸が悪くなっている相手に向かって、ライオネルはとげとげしい声で言った。

「きみには手出しはせんさ、ミス・かまとと・メイヒュウ。目をつけた女はほかにいるんでね。だがな、明日じゅうにわたしの金を返さないようなら、きみの父親は監査役にたっぷり説明しなきゃならんことになるぞ」

ねらいが自分の体ではないとわかってほっとしたのもつかのま、新たな恐れがアルドナをとりこにした。はったりよ。なんとか落ち着こうとして、自分に言い聞かせる。

「あなたはマルタ島で、父は青天白日の身になったっておっしゃったわ。あなたの小切手を、父は月曜日いちばんで銀行に入れたはずです。もう父には手出しできないはずよ」

「わたしはだてに経理をやってきたんじゃないぞ」

「それじゃ、あなたは……」

「わたしの経理の腕を試してみるかね？　そうとも、やってやるとも！　わたしは三千ポンドが欲しい。きみが出すか――今度はキャッシュでだぞ――それとも、きみのおやじがビルから飛び下りるか、どっちでも好きにするんだな」

「でも……あのう……」絶望のあまり倒れかねないアルドナの様子を、ライオネルはたっぷり楽しんでいた。「明日じゅうっていうのは、あんまりだわ。お金はなんとかできるかもしれません……でも、明日っていうのはむりだわ」

「わかったよ」ライオネルの目がぱっと明るくなる。

「きみがつぎのかもを見つけるのに、明日じゅうじゃむりだというのはわからんでもないな。よろしい、火曜日の真夜中まで待とう――家の電話番号を渡しておく。外線直通だ。金を手に入れたらすぐ電話しろ」

絶対にその電話番号を回すことはないと知りながら、アルドナは紙と鉛筆を手渡した。とにかく、なんとか時間をかせぎたかった。

「もし、わたしが電話に出なかったら、こう伝言するんだ――お荷物が届いております」薄気味悪い微笑を浮かべてドアを開ける。「忘れるなよ。夜中の十二時までにキャッシュで三千ポンドそろえるか、おやじさんが飛び下りるかだってことを」

ライオネルの訪問から二十四時間のあいだ、アルドナの心は凍りついたままだった。

月曜日には保育園に出勤して、機械的に働いた。自分の部屋に帰ったあとは、行ったり来たりしはじめる。すべてはふり出しに戻ったようだった――いや、もっと悪い。今度は、脅迫者はアルドナの体を求めているのではなかった。目をつけた女はほかにいるのだから。

でも、それなら、わたしはいったいどうしたらいいの？　セバスチャン・サッカレーにじきじき会ったらどうかしら？　でも、いったいなんて説明したらいいのだろう。

社長はきっとお年寄りで、厳しいひとだろう。社内監査役が父に二千ポンド与えて、三千ポンド返さなければ父の使いこみをばらすと脅迫してるんです。そんなことを言ってみても、父はやっぱりくびになり、告訴されるだろう。

ライオネルがどうなっても知ったことじゃないけれど、父は法廷に出るまでもなく、ストレスに耐えかねて死んでしまうわ。

腕時計が七時を指すころ、アルドナは何ひとつ打つ手がないと覚悟をきめる。それなら、せめて、父に会いに行って事前に警告してあげなくては。そのためには、父がしたことを少しは知っていると話すしかない。

でも、知った結果何をしたかまで話さなければならなくなったら、父はその場で発作を起こすにちがいない——どんなことになろうとも、マルタ島旅行のことは秘密にしておかなければ。

あの夜、車で送ってくれた時、ライオネル・ダウンズが口をすべらせたことにしよう。だから、あの夜、折り返し電話を入れてみたんだとか……でも、どうやって話をそこまで持っていったら?

訪問はこれから毎週火曜日にすると言ったばかりだから、父もバーバラも驚くだろう。それに、父とふたりっきりになるチャンスをどうやって見つけたらいいのかしら? バーバラがコーヒーを入れに行った時しかないだろう。

家に着くと、バーバラに言われたとおり、自分の鍵でなかに入り、居間に向かう。アルドナはドアの前で立ち止まった。狂ったような胸騒ぎがあった。室内からふたりの男性の話し声が聞こえてくる。

まさか、ライオネルが！　わたしと旅行に行ったと話しているんだったらどうしよう？でも、お金の話は、絶対に取り戻せないとわかるまではしないはずだわ。一瞬、父が怒りのあまり、発作を起こしかかっている情景がまぶたに浮かぶ。

アルドナはドアを開けて居間に駆け込み、中央で立ち止まると、呆然《ぼうぜん》として口をぽかんと開いた。信じられないものを見た思いに続いて、パニック状態に陥った。

父といっしょの男性はライオネルではなくて、二十歳も若い。二度と顔を合わせるはずがない相手だった。名前もゼブとしか知らない、あのひと！

「今日は火曜日じゃないぞ、アルドナ」

ローランド・メイヒュウはからかうように言う。娘が突然飛び込んできたことにも、ちっともうろたえた様子はない。アルドナがスポーツマンタイプの青年を見つめていることに気づいて、紹介をはじめる。

「わたしの娘です。こちらはミスター……」

ゼブが軽くさえぎって言った。

「存じてます」

「ご存じだったとは！」

びっくりして声をあげた父から半ば顔をそむけながら、アルドナは心臓が止まりそうだった。父はふたりを別世界の人間だと思っていたらしい。ふたりが出会った事のしだいをばらされたら……。

茶色の目が恐怖に見開かれていた。冷ややかに見返すゼブの目に悪魔が踊っている――あんな目に遭わされて、どうしてぼくが口をつぐんでいなきゃならないんだい？

「あれはたしか……」わざと間を置いているんだわ。アルドナの額に冷や汗がにじんだ。

「赤十字のパーティーじゃなかったかい、アルドナ?」

「ええ、おっしゃるとおりよ」

たとえキング・コングのパーティーで会ったと言われても、肯定していたところだった。ことばを途中で切って、そのたびにわたしに髪の毛の逆立つ思いを味わわせるつもりでいても、黙っていてくれるのなら、喜んでがまんするわ。

「元気ですか?」いかにもパーティーで知り合った相手に話しかけるような、ていねいな口調だった。「なんとか、たいしたこともなくお宅に帰れたんでしょう?」

「タクシーを拾いましたから」

父の耳には、赤十字のパーティーでエスコートの青年がお酒に酔ったか何かで車が運転できなくなったと聞こえるように、すばやく取り繕う。

「帰りたかったのなら、そう言ってくれればぼくが送っていったのに」父の耳には、きっと完璧《かんぺき》な紳士のように聞こえるでしょうね。「びっくりしたな。そこにいるものと思って目を開けてみたら、もうきみの姿が見えないんだから」

いつまでもこんなところにいて、二重の意味のあることばのフェンシングなんかしてられないわ。誰よりもわたしのことを知っている父のことだもの、すぐにも何かおかしいと気づかれてしまう……。

父はバーバラが病気の友達を見舞いに行ったと言い、ふたりに飲みものをすすめる。アルドナはそのチャンスに飛びつき、しゃべりながら嘘をでっち上げた。

「わたし、ちょっと寄っただけなの。九時にデートの約束があるんだけど、わたしの大好きな手袋を忘れていかなかったかと思って……でも、玄関のテーブルの上にないところを見ると、どこかほかで置き忘れたのね」

「ギーと出かけるんじゃないだろうな?」

父の口調は鋭かった。

「ギーですって?」あまりの険しさに口ごもってしまう。「いいえ、ギーじゃないわ……パパの知らないひとよ」

ちらとゼブを見やったとたん、まともに目が合って赤くなる。おもしろがっている目は、こうたずねているようだった——それで、その相手はいくら払わされるんだい?

「急がないと、遅れてしまいそう」

あわただしく父に別れを告げ、ゼブにさよならを言うと、猟犬の群れに追い立てられているかのように家を出る。来たときは心配で胸がいっぱいで気づかなかったが、門の前に豪華な車が止まっていた。

いくらも行かないうちに、車が音もなくぴったりつけてくることに気がつく。ひと目で、父の家の前で見た車だとわかった。打ちのめされた思いを味わいながら、立ち止まる。

車も止まった。ドアがなかから開かれる。自分から進んで乗り込みたくはなかったが、そうしなければ、ゼブが降りてきて詰問されることは目に見えていた。あんな話は、たとえ通りすがりのひとにでも聞かれたくない。

車に乗ったとたん、花のにおいが鼻をついた。アルドナは何も言わなかった。ゼブも黙ってドアを閉める。九時のデートなど、見えすいた口実だと言わんばかりの態度だった。

「きみのデートの相手は待たされてもいっこうに気にしないと思うがね。ぼくらのほうには先に延ばせない話があるはずだぞ」

「デートなんかしてません」

「きみのお父さんがたいそうかっているらしい、ギーとかって相手ともかい？」

皮肉たっぷりに切り返す。父が反対だということも知っているぞと言わんばかりの態度だった。

「わたし、もう、ギーとは会っていません」

アルドナはかたくなに言う。ゼブがわざと、かんじんな話題にふれないようにしているようで、不安が広がる。ほかの話で油断させておいて、不意に切り込む――そのほうが、すぐ話を持ち出すより正直な返事が得られると思っているのだろう。でも、わたしだって、それほどまぬけじゃないわ。

「資金が底をついたのかい？」

なんてことを！　怒りをのみ込んで、こわばった声で答える。

「そんなんじゃありません」

「それじゃ、財布が空になる前に、手放したっていうのかい？」

こんな扱いに、黙って耐えなければいけないのかしら？　でも、正直なところ、ゼブにはその権利があるのかもしれない。

「わたしたち、婚約していたの」

なぜ、そんなことまでゼブに言ったのか、自分でもわからなかった。あるいは、ゼブの目に映っているほど悪い女ではないことを、わかってもらいたかったのかもしれない。愛していると思ったからこそ、婚約したのだ、と。

「何があったんだ？」ゼブは容赦がなかった。「きみが、祖父と言ってもおかしくないほどの男とベッドにいるところを見つかったのか？」

アルドナは息をのんだ。ゼブはひとを傷つけるすべを知っている。でも、あざけりのほかにも何かがあるような気がする。マルタ島で耳にした、ライオネルとの口論が心に浮かんだ――たとえ死んでも、きさまをたたき出してやるからな！

ライオネルがゼブのガールフレンドと遊び歩いていて、ゼブはライオネルをそのひとから引き離そうとしているのかしら？　ちょっと信じられないけれど、ゼブのあざけりに傷ついたあまり、アルドナは切り返した。

「どうなさったの？　あなた、金持の老人に、何かうらみでもあるの？」

「きみの内職は失敗だな」

「内職って？」

「ダウンズが金持だなんて、誰が言った？」

ライオネルが父を助けるために二千ポンド払ったことのほかに、アルドナは何ひとつ知らなかった。だが、そう言われてみると、三千ポンドの小切手を見たときの、ライオネルの浅ましいくらい貪欲《どんよく》な目つきがよみがえる。

答えを待って、ゼブがじっと自分を見つめていることに気がついてはいたが、話題を変えなくてはどうかしてしまいそうだった。どうやって父を見つけたのかきこうとした時、ゼブのほうが待ちきれなくなって、かんしゃくを爆発させた。

「ライオネル・ダウンズがしこたまあぶく銭を持っているとでも思ってるんなら、きみはどうしようもない負け犬だよ。でも、マルタ島でそのことに気がついたってわけだ——ぼくが貧しくはないと言っただけで、すぐさまやつをそでにして、その足でぼくのルーム・ナンバーをつきとめると、一階上まで出張したんだからな。そうだろう?」

「あなたの部屋だなんて、知らなかったわ」

「知らなかっただろうさ! きみの演技はみごとだった、それは認めよう。三千ポンドをよこせというタイミングも、ぴったりだったぞ——この女詐欺師め!」

「女詐欺師ですって?」

「そのとおり、女詐欺師だ。サービスを約束して金を取っておきながら、そのサービスをすっぽかすことを、きみは詐欺だとは思わないのか?」

「わたしのことを詐欺師呼ばわりするなんて!」かっとなって、自分のしたことを忘れて言い返す。「それじゃ、自分はなんだって言うつもり? あなた、すぐさま小切手を支払い停止にしたじゃないの! あなたにだってよくわかってるはずだわ……わたしにたいして……」

ゼブの目があまりにも怒りに燃え、いまにもぶたれそうな気がして、アルドナはことばをのんだ。

ぐいっとアルドナの二の腕をつかむと、ゼブはぐいぐいと指先を食い込ませる。アルドナの怒りは恐怖に席をゆずった。

ゼブはやっと自制心を取り戻したらしく、アルドナを座席に押し戻すと、まるできたないものにでも触れたかのようにぱっと手を離した。そして、いままであんなに怒り狂っていたひととは思えないほど冷ややかな声で言う。

「すると、休暇から帰ってきたライオネルに会ったんだな？」

「帰ってきてから、会ったことはあります」

「また、やつの相手をしたんだな！」

「いいえ、そんなことしていません――念のため申し添えますけど、わたし、ライオネルとは一度もベッドをともにしたことなんかないわ！」

「一度もないだろうとも！」ゼブはほえるような声で言った。「ダウンズは旅行に出かける前に、きみに小切手を与えた。そうだろう？　やつのことだ、払った金のぶんはとことん元を取る気でいただろう。しかも、きみは少なくとも一夜をやつとともにした事実を、ぼくは握っている。たぶん、マルタ島まで足を延ばす前にも、何度かベッドをともにしているだろう」

「でも、少なくとも彼の小切手は、ちゃんとお金になったわね」

すっかり頭に来て、ゼブがまったく信用していないかぎり、ライオネル・ダウンズとのことでは何を言ってもむだだと思ったからこそ、言い返しただけのことだった。

「きみは本気で、ぼくが小切手を支払い停止にしないとでも思っていたのか？　もしそう思っていたのなら、きみは自分が考えてるほど鋭くはないぞ、ミス・メイヒュウ。ぼくはきみの提供するものに法外な金を支払ったんだ。言っておくが、ぼくからしかるべき仕返しを受けずにぼくをだましおおせた者などひとりもいない」

言外にひそむ恐ろしい意味に、アルドナは縮み上がった。けれども、そのあとのことばはあまりにも思いがけなくて、しばらくはことばどおりにはとれないほどのものであった。

「たとえ、ぼくの義理の父親が先に手をつけた、かわいい娼婦《しょうふ》が相手でもだ」

ライオネル・ダウンズとはそんな関係じゃなかったと言い返そうとして、アルドナは息がつまった。〝義理の父親〟ということばがぐるぐる頭の周りを回り、もう一度息をのむと、かすれた声で言った。

「義理の父親って？　あなた、まさか……ライオネル・ダウンズが義理の父親だとおっしゃってるんじゃないでしょう？」

6

「知らなかったのか?」ショックでいっぱいに見開かれたアルドナの目を見れば、答えは明らかだった。「ぼくの母が、二年前にやつと結婚したんだよ」

ゼブの口調から、それが母親の最大の失敗だったと考えていることは察しがついた。ライオネル・ダウンズが結婚などしていないと言ったことから考えると、ゼブの母親は、そのあと亡くなったのだろう。自分の身に引き比べて、アルドナはそっと言った。「お気の毒に」

「お気の毒だと! ぼくの母はきみの同情など必要とするものか。母はダウンズと結婚して、やつをがまんする覚悟だってあるというのに」

「あなたのお母さま、生きてらっしゃるの? つまり、いまも彼と結婚してらっしゃるっていうの?」新たなショックにアルドナはあえいだ。「それじゃ、離婚とか何かなさったわけじゃないんですか?」

「何も。あの豚野郎はいまもぼくの母の亭主さ」

「ああ、ゼブ」のどを締めつけられるような声だった。「わたし、彼が結婚してるなんて知りませんでした。本当に知らなかったのよ」

「もし知っていたら、それで何か変わっていたのか？」

「もちろん変わっていたわ。わたしをなんだと思ってるの？」

「事実はすでに確認ずみだと思うがね」

ショックと侮辱に耐えかねて、手が勝手に空を泳ぐ。ゼブはすばやくその手を押さえた。

「よせ、そんな手は——もう一度やろうとしたら、おまえがマルタ島で約束したものを、支払い抜きで実行させるぞ」

そのことばにアルドナはおとなしくなる。ゼブは軽々しく脅しをかけるようなひととは思えなかった。アルドナはドアのハンドルに手を伸ばした。自分に関するかぎり、もう話すことなど何もない——ライオネル・ダウンズから逃げ出せたことを神に感謝するだけだった。

ゼブの手がアルドナの手を捕まえ、ハンドルからもぎ離す。

「いったいどこに行くつもりだ？」

「わたしのアパートに帰るのよ——話しあうことが残ってるとは思えないもの」

アルドナはゼブに住所を教え、ぐったりと座席にもたれた。アパートを教えずに車を降りて歩いたとしても、ゼブは車であとをつけるにきまっているから、同じことだった。

車が走り出すと同時に、この三十分間忘れていた心配がよみがえる。父に警告してあげなくては――それとも、あと一日、なんの気苦労もなく過ごさせてあげたほうがいいのかしら?

冷ややかに黙りこくったゼブが隣にいては、ちゃんとものが考えられない。頭にあるのはただ、明日の夜中の十二時までにライオネルにお金を渡さないかぎり、父は……。

その先は、あまりにも痛ましくて考えたくなかった。考えないでいるために、アルドナは頭に浮かんだことをなんでもぺらぺらしゃべりだそうとしている自分に気づいていた。

「なぜ、マルタ島に行こうと決心したの?」

ばかげた質問。ゼブが言ってたビジネスとは、ライオネル・ダウンズにかかわることだとわかっているくせに。ゼブは黙っている。答えるに値しない質問だと思っているんだわ。

「つまりね、彼は結婚してたんなら、どこに行くか誰にも話さなかったんじゃないかと思って。なぜ、マルタ島に向かったと思ったの?」

「きみの言うとおり、やつは連絡先なんか残していかなかったさ。ぼくはやつが休暇を取ることさえ知らなかった。こっちが動きが取れない時を見はからって出かけたのさ。

ぼくが金曜日の夜遅く外国出張から帰って、土曜日の朝母に電話してみると、身の回りのものをまとめて二週間後に帰るとだけ言って出ていったという。かっとなったな。

妻にたいして、いっしょにバカンスに行かないかと誘いもしなかったところを見ると、何かよからぬことを企《たくら》んでいるにちがいない。ぼくは空港で、もうちょっとのところでやつをつかまえそこなった。でも、行き先はつかんだから、飛行機をチャーターしたんだ」

「飛行機をチャーターしたって……ただ、彼に脅しをかけるためだけに?」

「それもあるが、それは目的のごく一部だ。やつはまちがいなく女連れだとにらんだからこそ、追いかけていって動かぬ証拠を手に入れようとしたわけさ——母につきつけて、離婚を決心させるために」

「離婚ですって?」気が遠くなりそうで、それ以上はもう聞きたくなかった。「あなた、まさか……」

そんなことできないわ! もし帳簿のごまかしで告発されてなんとか持ちこたえたとしても、そのうえ娘の名前まで離婚法廷で聞かされたら、もうまちがいなく……たとえ、わたし自身がどうなるか考えないにしても……。

「きみはうるわしき協力者になるわけだよ、アルドナ」

ゼブは楽しげに言う。こんなひとに、名前を出さないでと頼んでみてもむだだった。

「わたし、彼とはベッドをともにしていません、しませんでした」せっぱつまった口調だった。「お願い。お願いよ、ゼブ、わたしを信じて!」

「きみたちはホテルの宿泊者名簿に〝夫婦〟として載っていたぞ」

「ええ……知っています。でも……ああ、ゼブ！　そんなことになったら、父は死んでしまうわ。心臓が悪いのよ。そんなことになったら……」

「思い出すのがちょっと遅かったようだな。ちがうかい？」

けっして忘れたことはないと、ゼブに言いたかった。父の体の心配さえなかったら、絶対に、どんなことがあっても、あんなことはしなかった、と。

「お願い……」

かすれた声で言う。ゼブはただ演技だと思うだけのことだから、けんめいに涙を抑える。ごくんとつばを飲んで、懇願を続けようとした時、ゼブの表情が和らいだ。

「くつろげよ。母には言わないから」

「あなた……」

「きみとぼくにも、共通点があったらしいな、アルドナ・メイヒュウ」

「まあ……」

「ぼくらはふたりとも、親を苦しめることには耐えられないらしい」

ライオネルのことばの意味がやっとわかる――〝彼女を傷つけることなしに、わたしを傷つけられると思うんならな〟

「それじゃ、あなたのお母さまは、夫が……誰かと旅行に出かけたってことはご存じないの？　あなた、話さなかったの？」

「話せなかった」

いままで隠していた優しさがにじむ。アルドナはほっとして、黙っていてくれたことに感謝したいと思った。が、ゼブは、そこで話を打ちきった感じだった。それに、思いやりだって、アルドナに向けられたものではなかった。

彼女は黙り込んだ。でも、ひと言も言い残していかなかったというのに、どうしてライオネルの行き先をつかんだのだろう？　アルドナは沈黙を破って、疑問を口に出した。

「それほどむずかしいことじゃない。ダウンズは社内監査役の筆頭だ。社外監査役が月曜日に来るというのに、その直前の土曜日にバカンスに出かけた。社外監査役は金曜日にダウンズと連絡を取って、やつだけが知っている情報があった場合にそなえて、行き先をきき出していたからね」

ゼブはよほどセバスチャン・サッカレー社の事情にくわしいらしい。

「でも……社外監査役は、何も言わずにあなたに行き先を教えたの？」

「当然だろう？　監査が終わった時、代金を支払うのは、ぼくなんだから」

「あなたが……？」頭が出してくる答えが信じられない。これ以上ショックを受けたら、髪が真っ白になってしまいそうだった。「そのひとたち……あなたのために働いてるの？」

「ああ……ダウンズは、自分もぼくの下で働いていると教えてくれなかったのか？」

仰天のあまり返事もできない。……それじゃ、ダウンズがゼブの下で働いているんなら、父だってゼブの下で働いているということなの？

ぼくからしかるべき仕返しを受けずにぼくをだましおおせた者などひとりもいない――そう言ったひとが父の雇い主で、そのひとから父は二千ポンドも盗んでしまったんだわ。

「もちろん、やつはきみに、ぼくの下で働いてるとは言わなかったはずだ――きみはやつのことを大金持と思い込んでいたからな。そうだろう？」

あざけりのことばにも傷つくどころではなかった。まだ信じられない。ゼブは車のスピードを落として番地を読んでいるらしいが、アパートを教えることすらできなかった。ゼブのほうも、アルドナの手助けなど当てにしていないように見える。

「わたし、まだ、あなたのフルネームを知らないんですけど」ひとつせき払いして、やっと質問を口に出す。「なんておっしゃるの？」

「セバスチャン・サッカレー」

ショックで気が遠くなる。ゼブは車を降り、ぐるっと回って、アルドナの側のドアを開けた。アルドナはなんとか車を降りたものの、脚から力が抜けて、やっと立っているありさまだった。

「わたしの父も……あなたの下で働いています」

「知ってるよ」反対を許さないというような命令口調に戻って言う。「部屋まで送ろう」

何もかも、わたしの手には負えなくなってしまった……機械的に歩を進める。頭のなかをさまざまな思いがつぎからつぎへと通り過ぎる。いままでだって危機の連続だったけれど、今度の恐ろしい事実こそとどめの一撃だった。

わたしが逃げ出した相手がほかならぬセバスチャン・サッカレーなら、わたしの父がしたことに気づけば、たちどころに父を切り捨ててしまうだろう。神経が恐怖でずたずたになりそうだった。

ただの習慣のおかげで、部屋までたどり着く。ゼブはアルドナが手渡した鍵《かぎ》の束から、見当をつけて鍵を抜き出し、ドアを開け、アルドナのあとについて、部屋に入ってくる。

手遅れながら、ショックの本当の理由を知られるわけにはいかないと気づいて、彼女は意志の力をふるい起こし、乱れに乱れる気持を抑え込む。ゼブを見つめ、わざわざ送っていただいてありがとうと言おうとする。どうぞお帰りくださいとほのめかすつもりだったが、ゼブの顔を見上げたとたんに、むだだとわかった。

その気になるまでは、てこでも動きそうにない。冷ややかなグレーの目で、アルドナのささやかな居間を見回している。

小さいからといって、別に恥ずかしいことではないと思う。掃除は行き届いているし、豪華とは言えないまでも居心地はいい。応接セットだって、ちょっと古くはなったけれど見苦しくはないし、安ものの家具ではあってもぴかぴかに磨いてあるのだから。

あんなふうに眉をよせて、自分の部屋の家具と見比べてでもいるのかしら？　それはあなたなら、モダンな家具でもアンティークな家具でも、お好みしだいでしょうけれど……。

「正確なところ、きみはダウンズから稼いだ金を何に使った？」

「何に使ったかっておっしゃるの？」

まったくの不意打ちだった。予想もしていなかった質問だけに、しかるべき答えが浮かんでこない。ただ、あのお金がサッカレー社の金庫に入ったことだけは気づかれないようにしなくてはならない。

「こういう家具を、ただセンチメンタルな理由から身の回りに置いているとは思えないな。とはいえ、何ひとつけちのつけようはない。実際、もしきみがつつましい生活を送っているのなら、よくこれだけ居心地を良くしたものだと感心するところだな……ダウンズから巻き上げた金は別にしても、きみのほかのおとくいさんだって、たいていはきみの巣を〝羽毛で飾った〟ものと思っていたんだろうな。いかにもきみみたいな女性にふさわしいスタイルでね」

「わたし……あのう……」

わざと侮辱しようとしていることはわかっていたが、つつましい家具にいっそう好奇心をそそられた様子を見ると、早く帰ってほしい気持が先に立つ。こういう時、ゼブが考えているような女のひとは、どんなふうに答えるのだろう？

「あの二千ポンドで何をしたんだ、アルドナ？」

半ば顔をそむけると、寝室のドアが十センチほど開いていて、衣装だんすが目に留まった。

「お洋服よ」ゼブの目がジャケットの下のコットンのシャツから、デニムのジーンズへとたどっていることに気づいて、言い添える。「わたし、父を訪ねるときは、高価そうなものは身につけないようにしているの」

「もっともだな」身の縮むような軽蔑《けいべつ》がこもっていた。「どういう生きかたをしてるか、父親には知られたくない。そういうわけだな?」

ゼブはまた室内を見回す。疑問を持たれるのがいやさに、アルドナは質問する側に回ろうとした。口をついたのは、ぜひとも答えを知っておかねばならない問いだった。

「あのう……父の家で、あなた、何をなさっていたの?」

「きみを探しに行った」

「わたしを探しに!」

アルドナは縮み上がった。ゼブは自分をだまそうとした相手は誰でも容赦はしないと言ったけれど、わたしが逃げ出したことにたいして、とことん仕返しをするつもりなのかしら?

「後日、証人として必要になるかもしれない——だったら、きみを見つけておいたほうがいい。そう思ったわけだ」

「証人として？　でも……あのう……」危機には終わりってものがないのかしら？　ゼブが母とライオネルの離婚裁判のことを言っているらしいとは見当がつくけれど。「あなたは、さっき……」

「何を言ったか忘れてはいない。いまだって、母が苦しむような傷を負わせるつもりはない……現在の時点ではね」

「現在はそうでも……」

先を続けられなくなって、アルドナは椅子の背をつかんだ。

「母は優しくて感受性のこまやかなひとだ。ぼくの考えでは、ダウンズについて長いあいだばら色の眼鏡をかけすぎていたと思う。でも、母がこうと思って結婚した相手とは雲泥の差だったということに気づくのも、そう遠くないような気がする」ゼブの顔がこわばった。「あの男は、亡くなったぼくの父にたいする侮辱以外の何ものでもない。母がいったい何を思い、何をやつに見ているのかは、神のみぞ知るとでも言うしかないな」

「きっと愛してらっしゃるんですわ」

アルドナはそっと言った――心のなかでは、あんな男をどうして愛せるのかと思いながら。

「愛だって！　やつを気の毒に思ったというほうがまだ近いだろう。やつが母にどんな手段で訴えたのか、これも神のみぞ知るだが、やつはかろうじて生きているってふうだったんだ――別世界の人生を味わうようになって、でっぷりと太ってきたがね……」そこまで話すつもりはなかったと気がついたように、はっと口をつぐむ。つぎに口を開いた時、ゼブの口調は切り込むように変わっていた。「そんなことはどうでもいい。母がどんな男と結婚したか気がついた時、どこに行けばきみを捕まえられるか知っておく必要があっただけだから」

「そんなことできないわ、わたし……」

ゼブの顔を見たとたんに、いくら嘆願してもむだだとわかる。ゼブにはできるし、また、そうさせるつもりでいる……。ふいにプライドがよみがえり、アルドナはきっと顔を上げた。

「どうやって、わたしと父がつながりがあるとわかったの？」

「最初は何もわからなかった。手がかりはきみの名前だけだった。ダウンズは何も言おうとはしない。だから、やつがどこできみと会ったか考えてみた。きみは、かつてうちの社員だったこともありうる。でなければ、やつがしょっちゅう入りびたってる酒場を当たるしかあるまい。そこで、まず社員名簿を当たることにしただ。記録にあるメイヒュウはただひとり、ローランド・メイヒュウといって、半年ほどまえからうちで働いている男だ。しかも彼の仕事は、ダウンズの仕事と密接な関係がある。この線を追っていって、まずまちがいないと踏んだわけだ」

「だって……偶然ってこともありうるのに」

「ありうるね。だが、そうじゃなかった。この時期、きみの父親は、ダウンズと組んで仕事をしているはずなんだ。監査に回す帳簿の整理で遅くまで働いて、ダウンズがきみの父親を自宅まで車で送るということも、送っていった先できみに出会うということも、可能性として充分考えられる。事実、そのとおりだったんだろう？　きみは父親の家で、ダウンズと出会ったんだろう？」

アルドナの頭のなかでは警戒警報が鳴りづめだった。帳簿のことが出て、監査のことが出て、ダウンズの名前が出て……いつ真実が明るみに出ないともかぎらない。ゼブの気をそらすには、方法はひとつしかなかった。どうでもいいわと言わんばかりに、アルドナは両手をジャケットのポケットにつっ込んだ。

「ええ、彼と出会ったのは父の家でよ。幸運だったたってことになるのかしら？」

「ぼくの記憶では、そんなにやつといっしょにいたがってるようには見えなかったがね」

「あなたから、お金持の男じゃないってことばを聞いたあとだったからよ。それに、あなたもいまおっしゃったでしょ？　彼、太ってるって」

ゼブは唇をゆがめて嘲笑《ちょうしょう》する。アルドナはうろたえ、あわててたずねていた。

「わたしがローランド・メイヒュウの娘だってこと、わたしがあの部屋に入っていく前に、わかってらしたの？」

「いや。きみの父親の身元資料を調べて、数字の魔術師だと言われていることがわかった。だから、ある経済上の問題で至急アドバイスが欲しいという口実を使ったのさ。信頼できる人物だという折り紙つきでもあることだし」

秘密を要する用件だったとほのめかしているようだった。アルドナを見た目つきは、娘とはずいぶんちがうと、はっきり言っている。

「ビジネスの件がかたづくと、ぼくは彼の家庭についてたずねた。最近、再婚したばかりだということ。最初の奥さんは十九年前に亡くなって、五歳の娘をあとに残したということ。そこまで聞いたとき、玄関のドアが開く音が聞こえた。まだ娘のことをたずねる前に、きみが駆け込んできて、ぼくを見たとたんにぎょっとなった。そこで、すぐぼくは探していた女を見つけただけじゃなく、その女は父親に、善良なかわいい娘ではないことを知られるのを死ぬほど恐れていることまで知ったってわけさ」

「父は心臓が悪いんです」

「言われるまでもなく知っているさ。ファイルには医者の診断書も入っていたから」

「それじゃ、あなたにも、そんなことできないってわかるはずだわ――あなたのお母さまの離婚の時に、後日の証人にわたしを使うってこと。……そんなことになったら、父は死んでしまいます！」

ゼブはさすがに、もう手遅れだとは繰り返さなかったけれど、ぐいっと上げたあごは、できるかできないかは自分がきめると言っているようだった。プライドも消し飛んで、アルドナは懇願した。

「お願いです。お願いですから、わたしとマルタ島で会ったことは忘れてください」

「忘れるだけの価値があることかな」ゼブの視線は、アルドナの青ざめた顔から、胸へ、脚へとゆっくり動いていった。「ここに来たまえ」

足は鉛のように重かったが、ボールを打ち返されたいま、動くのはアルドナのほうだった。のろのろと前に進み、ゼブの一歩手前で立ち止まる。

ゼブは、アルドナがあとずさりしないことを、できないことを、知りつくしているようにゆっくりと手を伸ばして抱きよせる。

「もし、ぼくの記憶どおりだとすると、きみのキスの味は、男にわれを忘れさせるほどのものだったが」

ゼブのことばに、彼女は目を丸くした。が、その時にはもう、唇にゼブの唇が重なっていた。最初、アルドナは本能的にさからおうとした。ゼブは顔を上げ、アルドナが落ち着くのを待って、もう一度、唇を重ねる。

唇を固く結んでいたのに、ゼブに抱かれているスリルがよみがえってくると、彼女はいつしか両腕をゼブの体に回していた。ゼブのてのひらが胸をさまよう。

はっとしてアルドナは唇を離し、目を開いた。アルドナの驚きに見開いた目に気づいて、ゼブも胸から手を離す。

「ああ、ゼブ！」

心の底からの叫びだった。いま起こりつつあることへのとまどい。ゼブの手を胸に感じていたいという欲望。ゼブを求める自分自身を抑えるすべさえないという恐れからだった。

「きみが欲しい」ハスキーな声で言うと、ゼブはいっそうぴったりとアルドナを抱き締める。「どうしようもないんだよ、アルドナ。きみが欲しい」

声に苦悩がにじんでいるように聞こえたのは、気のせいだろうか？　アルドナは初めて味わう感覚になすすべもなく、ゼブの腕のなかで身じろぎもしなかった。

「どうしてもきみが欲しい——だが、こんなふうではいやだ。きみのことを父親に黙っている代償として抱くなんて、脅迫じゃないか」

父のことを聞いたとたんに、アルドナの心はうずいた。いま、こうして抱き合っているひとが、父を破滅させる力を持っているなんて。

ゼブは片手でアルドナの後頭部を支え、黒髪に顔をうずめたまま、自分の肩に抱きよせた。

ところが彼は、ふいにアルドナを押しのけた。彼女を憎み、自分自身を憎んでいる表情だった。ゼブは自分の欲望に打ち勝ったのだろう。けれども、アルドナはゼブに抱かれていないことで寒さを覚えていた。もう、彼は行ってしまう。

「あなたは……やっぱり……」

「母がうんざりだと思った時、きみの名前を出すつもりでいるかってことか？　いいや、いまいましいことではあるがね、ぼくは自分の良心にかけて、きみの父親の死を招くようなことはできない」

「でも、わたしが欲しいんでしょう？」

どこからそんな考えが出てきたのか、自分でもわからなかった。でも、いますぐ口に出してしまわなければ。ゼブの顔つきから見ても、いったん出ていってしまったら、もう二度とは会えないのだから。ゼブの顔はまったく無表情のままだった。

「きみにはよくわかっているはずだろう？」

「だったら……」ことばがおりのようにのどにからまる。手にじっとりと汗がにじんだ。

「まだ、わたしを抱けるわ……お金を払ってくださるなら」

「いまなんて言った？」

聞こえたくせに。答える前にもう一度繰り返させるなんて。怒りがアルドナに勇気を与えた。

「わたしが言ったのは、前に話がついたとおり三千ポンド払ってくださるなら、わたし……」

ゼブの怒り狂った表情に、アルドナの怒りなどたちまちしぼんでしまった。ゼブはただの一歩で彼女の前に立ちはだかり、力まかせにあごをつかんであお向かせる。

「きみを見ていると胸がむかつく！」

荒々しくつき飛ばされて、彼女はバランスを失い、長椅子に倒れ込んだ。ゼブはふり向きもせず大股に部屋を出ていった。まるで、これ以上アルドナと同じ部屋にいると、自分でも何をするかわからないと言わんばかりだった。

ゼブが力まかせに閉めたドアは、まだかすかに震えていた。アルドナは長椅子にもたれて、声をあげて泣いた。自分が安っぽく、きたならしく思え――そのかいもなく、いままでより以上に父を救う見込みはなくなっていた。

7

翌朝、アルドナは重い体を引きずるようにしてベッドから出た。昨日の夜は何ひとつ解決できなかったと思うと、心はさらに重い。

今週は遅番だったが、保育園ではミセス・アームストロングに、二、三日休暇を取ったらとすすめられるほど、ひどい状態だったらしい。

午後の三時にバーバラから電話がかかった。思いがけなく、友達からお芝居の切符を二枚もらったので、ローランドといっしょに出かけることになった。だから、火曜日だけれど、あなたさえよかったら出かけたいというのである。

「あら、もちろんかまわないわよ」

「あなた、家に来るのを、何も一週間に一度とかぎらなくていいんじゃない？　それに、曜日をきめることもないんじゃないかしら？　いつでも来ていいんだって、あなたに思っててほしいのよ」

バーバラの心遣いになごんだ思いも、受話器を置いたとたんに消えていた——それじゃ今夜も、父に警告できなくなってしまったんだわ。ぎりぎりまで延ばしていたわたしがいけなかった。

明日、仕事は九時半からだから、朝いちばんに父に会いに行こう。そのほうがいいかもしれない。今度いつ父がお芝居を楽しめる日が来るのか、誰にもわからないことだもの。

明日以後のために力をたくわえておこうと、アルドナはアパートに帰るなり食事の支度にかかった。けれども、いざ食べはじめるとなんの味もしない。半分はごみ箱行きだった。たえず体を動かしていることがたいせつだとわかっていたので、普段着のジーンズ姿に着替え、洗濯をし、ちらかってもいない部屋を整理しなおす。

九時十分には、もうすることがなくなっていた。読書や、手紙を書くことなどは、問題外だ。ちょうどその時、ノックの音が聞こえ、ほっとする。きっと下の階のデビーがおしゃべりに来たんだわ。恐ろしいもの思いに追いかけられなくてすむんだもの、大歓迎よ。

「まあ！」

ドアを開けたとたんに微笑が凍りつく。何よりも驚きが大きかった。戸口に立っているのは、デビーではなくて、セバスチャン・サッカレーだった。グレーのズボンに青のセーターというカジュアルな服装だが、ブリーフケースを持っている。車に置いておけないほど重要な書類が入っているのだろう。

心臓の鼓動が自分でも聞こえるようだった。昨夜の嫌悪は表情には表れていなかったが、心のなかまではわからない。訪問の理由がわからなくて、アルドナはただゼブを見つめて立ちつくしているだけだった。

その時、前の晩に自分の言ったことばがよみがえり、アルドナは耳まで真っ赤になった。何も言う必要はなかった。ゼブもそんなアルドナを見ていたのだから。

「赤くなって当然だとはいうものの」冷ややかな口調だった。「初めの二、三人の客のあとは、顔を赤らめるなんて忘れたものと思っていたよ」

「あなたがわたしのことをどう思っていらっしゃるかは、充分に存じています」顔から血が引いて、いまは青ざめていた。「だから、もしいい子はどんなことをしないものかお説教にいらっしゃったのなら、どうぞおかまいなく——わたしは地のままで行くつもりですから」

「いい子がしないことをきみがするからこそ、ぼくがここにいるんじゃないか」皮肉たっぷりに切り返す。「きみは代金の交渉を廊下でやりたいのかい?」

アルドナは黙ってドアを大きく開けた。ゼブが部屋に入ってドアを閉める。氷のような冷ややかさでアルドナは椅子をすすめた。ゼブはアルドナに向かい合って座った。とにかく、ふたりのあいだにはテーブルがあった。

「あなた、〝代金〟っておっしゃったわね?」

貪欲《どんよく》に聞こえることはわかっていた。でも、そんなことまで気を遣っている余裕はない。

もし――本当にもしもだけれど、頼んだだけのお金をゼブが払ってくれるのなら、そのあとに何が来るか考える必要はない。ただ、それが父にとって何を意味するかだけ考えていればいいのだから。

「どうやらきみは、いちばん重要な問題を、いちばん最初に持ち出すのが好きなたちらしいな」

「最初に言いだしたのはあなたのほうよ」ゼブは黙ってにらみつけている。「それじゃ、もう、わたしを見ても胸がむかつくことはない――そう考えていいのかしら?」

「胸がむかつくことに変わりはないさ。ぼく自身にたいしても、胸がむかついてる」クールな口調だった。「でもぼくはきみの体が欲しい」

「それで……お金を払ってくださるの?」

「きみをぼくから追い出す必要があるからな」ゼブはあけすけに言う。ひとたび欲望を満たしてしまえば、それでもうおまえに用はないといった調子だった。「もし、そうするための唯一の方法が三千ポンドを出すということなら――イエスだ。ぼくは支払う用意がある」

「わたし……あのう……」

自分が何をしようとしているか、はっきり気づいたとたん、落ち着きは失っていた。母はお墓のなかでひっくり返り、父もまた、この会話を耳にしたら命はないだろう。

と、父はいずれにしても命はないという思いが胸を打つ。もし、ライオネル・ダウンズに、今夜の十二時までに、三千ポンドをキャッシュで渡さないかぎりは。

〝キャッシュ〟ということばがくっきりと浮かびあがった。アルドナは自分の演技のいちばんおぞましい部分に立ち向かう。

「こういう状況ではわかっていただけると思うんですけど、わたし……代金を……あのう……キャッシュでいただきたいんです」

アルドナを見つめたまま、ゼブは椅子の側に置いたブリーフケースに手を伸ばし、なおも彼女を見つめたままブリーフケースを持ち上げ、それを開くと中身を見せた。

アルドナは、きちんと並んだ札束に目を丸くして、それを見つめた。胸が恐ろしいほど波打っていた。そのまま、視線をゼブに戻す。

「きみが目を輝かすものと思っていたんだがな」皮肉たっぷりに言うと、ゼブはブリーフケースをテーブルの上に置いた。「これで、取り引きのぼくのほうの支払いはすんだ。今度はきみの番だ」

ああ、神さま、こんな時、どうしたらいいのでしょう？　ゼブの側に行くのかしら？　ゼブに身を投げかければいいのかしら？

アルドナはそのまま動かなかった。体ががたがた震えてくる。もしゼブが手を伸ばしてわたしを捕まえたら、いまやわたしはゼブのものなのだから、ゼブの好きなようにされるしかないんだわ。

「あの……コーヒーをお飲みになる?」とたんに、相手が夢にも思わなかったせりふを言ってしまったことに気づく。ゼブのけげんそうな目を見て、とっさに嘘《うそ》をつくしかなかった。「あのう……わたし……ちょうどコーヒーを入れようとしてた時に、あなたが見えたものだから」

「ぼくに遠慮しないでなんでもやってくれ——なんなら、ぼくもつきあってもいいな」

アルドナはケトルを火にかけ、インスタントコーヒーとコーヒーカップを二組用意した。腕時計を見ると、九時三十分だった。真夜中までに、ライオネル・ダウンズに電話を入れなくちゃ……。

はっとして、アルドナはテーブルに両手をついた。もし、ゼブがひと晩じゅうここで過ごすつもりだったら、どうしよう? ごくんとつばをのみ、なんとか落ち着きを取り戻そうと努める。

アパートの住人に男性を泊めたことがばれるのも恥ずかしいけれど、それよりもゼブはいったい……考えたくはないけれど、避けては通れないことだった。今夜さっそくわたしを抱いて、それから帰るつもりかしら?

お湯がわき、反射的にスイッチを切る。三千ポンドも払うのだから、わたしにたいする欲望がなくなるまで、どれだけ長いあいだかかろうとも、わたしを愛人にしておくつもりだろうか?

いいえ、そういうことは考えちゃだめ。たいせつなことは、階下《した》のホールまで下りて、電話でライオネル・ダウンズに連絡を取ることなのよ。

コーヒーを入れ、トレイに載せて居間まで運んで、腰を下ろす。ブリーフケースに触れるのはいやだったが、横によせないと、トレイの置き場がなかった。

カップをゼブに手渡す。沈黙が耐えがたくなるまで延びていくなかで、ふたりはコーヒーを飲んだ。アルドナがトレイにカップを戻した時、ゼブがたずねた。ごくふつうの会話の調子だった。

「最近まで婚約していたって話だったね?」

ともかくゼブが口をきいてくれたことがうれしかった。沈黙の重さに耐えられるのも限界に来ていたし、婚約の話ならなんの心配もない。

「ええ、そのとおりよ」

「婚約解消はどちらから言いだしたんだ? きみかい、それとも彼のほうかい?」

ゼブの知ったことではないと思うけれど、ともかく安全な話題だから、このまま続けることにしようと思う。

「わたしなの、実は」

「彼を愛していたのかい?」

「ええ」

「それじゃなぜ、彼にひじ鉄砲を食らわせた？　理性が感情に勝ったってわけか？　彼には、きみの欲しがるすべてのものが与えられなかったのか？」

なぜ、急にゼブが攻撃的になったのかわからなかった。アルドナを自分のものにしたいという欲望の下に、彼女と彼自身にたいする嫌悪がひそんでいることと、何か関係があるのだろうか？

「わたし、彼を愛していました」ゼブがどういうつもりで〝すべてのもの〟と言ったのかは、わかりすぎるくらいわかっている。ギーと肉体関係があったと思い、わたしのぜいたくな好みをギーの財布ではまかないきれなかったと思っているんだわ。「でも、結局、本物じゃなかったと気がついたんです」

「それはどれくらい前のことなんだ？　もうその男を愛していないという結論に達したのはいつのことだ？」もちろんはっきり覚えている。火曜日に別れて、同じ週の土曜日にはマルタ島に飛んだのだから。「きみが婚約を解消したのは、正確に言っていつなんだ、アルドナ？」

彼女が答えたがらないのを見て、ゼブは追い打ちをかけた。〝まるで骨をくわえた犬みたいよ〟アルドナは心のなかで言い返した。けれども、答えないかぎりひと晩じゅうでもそこに座っていそうなので、しぶしぶ口を開いた。

「どうしても知りたいとおっしゃるのなら——ちょうど三週間前のことよ」

短い沈黙があって、すぐゼブは鋭く切り込む。

「きみは本当にその男を愛していたわけじゃないな、そうだろう？　一週間もたたないうちに、きみはダウンズと旅行に出かけている。どういうわけなんだ？　男がいないとだめで、年の近い誰かが現れるまで待てなかったとでもいうのか？」

「あなただって、彼が二千ポンド払ってくれたことをご存じでしょ？」

「その二千ポンドは、待ちきれない思いで服に使ったっていうんだな」

奇妙なことに、ゼブの怒りが和らいでいく。アルドナはゼブが自分のジーンズ姿を見ていることに気づいた。それほど服装に気を配る女にしては、普段着にかまわなさすぎると言われてもしかたがない。

「教えてくれないか——正確にはどういう服を、やつにもらった金で買ったんだ？」

もっと気のきいたものを買ったことにしておけばよかったのに……でも、あの時は、とっさに答えるしかなかったから。

「あの……」〝あれやこれや〟くらいでは、とても二千ポンドにはならない。「毛皮のコート」

実際、最初の二千ポンドは毛皮に消えたんだもの。だが、ゼブはまだ納得していないようだ。その気になれば、自分で衣装だんすを調べかねないひとだもの……。それに、寝室に入るのはできるだけあとに延ばさなくては！

「ちょっとすてきなコートなのよ、本当に。父が今夜、バーバラを連れてお芝居に行くっていうから貸してあげたんだけど、でなかったら見せてあげたのに」

言いわけを信じてくれたのかどうか。ゼブの表情は、突然読めなくなってしまう。なぜ、わたしの言うことを信じたがらないのかしら？　それよりもっと不思議なのは、お金を渡したのに、帰るそぶりも、隣の寝室を使うそぶりも見せないことだ。

おずおずと腕時計をのぞくと、もう十時半――いったい、一時間もどこに消えたのだろう？　ゼブの目をごまかして、階下に電話をかけに行かなくては……。

「あの……あなたのお部屋にわたしを連れていらっしゃるおつもりでしょう？」

「きみは、いつもそうしてるのか？」

「だって、あなたのお部屋のほうが……ここよりはちょっぴり居心地がいいでしょう？」

頭にひらめいたことばをつけ加える。「わたしのところはシングルベッドしかないし」

ゼブの微笑は、アルドナの言いわけなど信じていないと言っているようだった。

「きみ、シングルベッドで、一度も愛し合ったことないのか？」

「あなたはふつうより背が高いもの」

平然とことばのフェンシングを楽しんでいるみたいな自分が信じられなかった。が、微笑もたちまち凍りついてしまう。

「ぼくのアパートに行くつもりはないな」

「それじゃ、あなた……ここにお泊まりになるつもり？」

「もちろん。ぼくが初めてってわけじゃないだろう？」

ゼブのことばは、それ以上の意味をともなってアルドナに襲いかかった。新たなパニックがアルドナを打ちのめす。いままで考えることが多すぎて、そこまで気が回らなかった。どうしよう――男のひとは初めてだとわかったら、ゼブはどうするかしら？　彼の義理の父親とベッドをともにしたことはないって言ってたのは本当だったとわかってくれるにしても……きっと問いただすわ。なぜ、いろんな男性との経験があるふりなんかしたのかって。

「わたし……あの……」

やっぱりむりだわ。わたしの頭は一度にひとつのことしか考えられないんだもの。いちばん気になっていることを、まずかたづけてしまわなくては。

「わたし、電話をかけなくちゃ」

二分ですむからすぐ帰ってきます、と言うつもりでいたのに、ゼブはその暇も与えなかった。

「ぼくも行こう」

「その必要はないわ。電話はアパートの一階にあるんですもの」

アルドナが立ち上がると、ゼブも立った。

「前に一度、きみはぼくから逃げ出したからな。ぼくの金に少々保険をかけたとしても、きみも気にしないはずだと思うが」

「お金はここに置いていきます……ほら、バッグもよ。電話をかける五ペンスのコインが何枚かあればいいんですから」

なんとかゼブをふりきろうと、バッグから財布を取り出す。が、顔を上げてみると、ゼブは彼女がなんと言おうと、電話をかけるのについてくるつもりだとわかった。

そうなると、電話をかけると言ってしまった以上、かけに行くしかしかたがない。あとは、誰と話しているのか、ゼブにわからないようにするしかなかった。

心のなかで、話すせりふを考えてみる――ハロー、ジェイン。アルドナよ。今夜は都合が悪くなったから、明日来てくださる？

電話番号を書いた紙を財布から取り出し、ゼブに見られないように顔のそばまで持ってきてダイヤルを回す――ライオネル・ダウンズが、直接電話口に出てくれますように。

最後のダイヤルが元に戻りきらないうちに、ゼブは受話器を奪い取ると、がしゃんと電話を切ってしまった。あっけにとられているアルドナを部屋まで連れ戻すと、力まかせにほうり出して、ばたんとドアを閉める。

「なぜだ？」

怒り狂ったゼブの表情を見れば、アルドナがダイヤルを回すのを見ていて、誰に電話をかけようとしていたか見破ってしまったことは明らかだった。

「わたし……」

ごくんとつばを飲む。ゼブはアルドナの二の腕をつかんでゆさぶった。アルドナの頭は肩の上でぐらっとなった。ただ一度だけれど、それで充分だった。

「わたし、彼のお金ができたって、伝えたかっただけ」

かすれた声で言う。ゼブの視線は痛いほどだったが、こわくて目を合わせることもできない。

「きみはやつに……出費を払い戻そうとしてたって言うのか！」

ゼブはもう一度、アルドナをゆさぶった。信じていないことは、口調からも察しがつく。

「どうしても返せって言うものだから。彼が帰ってから、一度だけ会ったって言ったでしょ？　お金を返せって、ここまで言いに来たの」

それで満足したのか、それともライオネルの性格をよく知ってるせいか、ゼブは信じてくれたらしい。やっと手を放すとアルドナが二の腕をさするのを見つめながら、ポケットに両手をつっ込んだ。まるで、もっと痛めつけたいのをがまんしているようだった。

「それで、きみはやつに金を返すつもりなんだな？　それじゃあなぜ、金が手に入ったとたんにすぐやつに連絡することが、そんなに重要だったんだ？　きみはまだ、ちゃんと稼いでもいないんだぞ」その気になれば、あなたってすごく魅力的になれるのね！　でも、いまは性格分析などしてる時ではなかった。残酷なほど厳しい目つきだが、重役会でも必要となれば使ってるんじゃないかしら？　いったんねらいをつけたら、どんな反対も許さないひとなんだわ。「なぜだ？」

「彼が……今夜の十二時までにお金ができたかどうか、知りたがっていたからよ」

ゼブがポケットから手を出すのを見て、アルドナはあわててあとずさった。

「きみは、ぼくが今夜来ることを当てにしていたのか！」

突然雷が落ちる。ぱっとアルドナを捕まえると、容赦なく引きよせる。顔には、かも扱いされた不快さがにじんでいた。

「いいえ……そんなんじゃないんです」アルドナはおびえきって口走った。「彼がどうしても、返せって言うものだから……もし返さないと……」

どうしよう？　そうじゃないわ。ゼブにあんまり脅されて、どう言おうとしてたのかさえわからなくなってしまう。

「彼はお金を返せって言うんだけど、わたしには……」

どうしたらそんなお金が手に入るのか見当もつかなかった――そう言おうとして、息をのむ。口をすべらせてしまったことに気づいたせいだった。くやし涙がほおを伝う。

その先を言わなければ殺すと言うのなら、殺されてもしかたがないと思う。これ以上しゃべらされたら、ゼブにすべてがわかってしまう。

ふいに、すべての音が消えた。いつのまにか、アルドナの両腕は自由になっていた。ゼブが信じられないほど優しく、涙のあとをぬぐってくれる。

「きみはやつに脅迫されていたんだな？　いったい何を握られているんだ、アルドナ？」

ふたたびパニックがよみがえる。ゼブが真相のすぐそばまで来てしまったせいだった。でも、ゼブが怒鳴るのをやめてくれたので、やっと少しはものが考えられるようになっていた。「やつに脅迫されていたんだろう？」

「……もし、今夜の十二時までにお金を返さなかったら、明日の朝、彼は……父にわたしと旅行に行ったことを話すって言うんです。父はきっと……また心臓の発作を起こすにちがいないんです……」

「それじゃ、まさに脅迫じゃないか」

「お願い、ゼブ」彼が、脅迫の種をいまの説明で納得したようなので、やっとゼブの顔を見る勇気が出る。「お願いだから、電話をかけさせて」

「やつの脅迫に屈するつもりなのか？」

「ほかにどうしようがあって？」マルタ島で聞いた口論のことを思い浮かべて、言い添える。「あなたでさえ、お母さまが傷つくって脅かされて引きさがったでしょ？　わたしも、父を、同じように愛しているんです」

「それはわかっている」

短いけれど心からのことばに、アルドナは胸をつかれるような喜びを味わった。ほかのことは何ひとつ信じていなくても、父への愛だけはわかってもらえたんだわ。

「それじゃ、電話をかけさせてくださるわね？」

「それ以上のことをしよう」ゼブはテーブルに歩みよった。「こいつをじかに渡してやるのさ」

「まあ、でも……」ほっとしたのもつかのまだった。しかもゼブは、ブリーフケースから札束をいくつか取り出そうとしている。「何をなさってるの？」

「きみがやつに借りてるのは二千ポンドじゃなかったのか？」

「三千ポンド払えって言ってるの」

「口止め料ってわけか？」札束をブリーフケースにほうり込むと、また強い口調に戻って言う。「コートを取ってきたまえ」

まるで、パニックが日常のことになってしまったような気がする。着古したジーンズ姿ではとてもひとを訪問する服装とは言えないけれど、もうそんなことはどうでもよかった。ゼブがまたこわい顔をしていることを考えると、着替えをしようとして寝室のドアを閉めたりしたら、どんな皮肉を浴びせられるか知れたものではない。でも、ライオネルが、父の心弱まった瞬間について口をすべらせたりはしないだろうか？

アルドナが出てくると、ゼブはブリーフケースを自分で持った。が、二歩と歩まないうちに立ち止まって、アルドナをふり返る。

「あなた、お母さまはいまも……彼といっしょに住んでいるっておっしゃったわね？」

「そのとおり」

「ああ、ゼブ――わたし、お母さまにお目にかかるわけにはいかないわ」

「何をうろたえてる？　このいやらしい猿芝居で、ただひとり罪のないひとだから、まともに顔も見られないって言うのかい？」

なんてひどいことを！　アルドナは、いっそすべてをぶちまけてしまいたい衝動に駆られた。何年たっても、この悪夢のようなことばに悩まされ、傷つくことになるんだわ。

「心配しなくていい。母ときみをいっしょにして、けがれた空気を吸わせるつもりはないからな。ぼくがなかに入ってダウンズに会う。きみは車で待っていればいい」彼、口をすべらせないかしら？　真っ青になったアルドナに気づいて言う。「それとも、ぼくが金を渡さないとでも疑ってるのか？」

「疑ってなんかいません――わたし、けっして彼とベッドをともにしたわけじゃないんです。ゼブ、誓います！　最初の夜、彼はぐでんぐでんに酔っぱらって……」

「時間のむだだ」

それはまるで、弁解するだけむだだと言っているように、アルドナの耳には響いた。

8

さまざまな思いが乱れて、アルドナは車がどこをどう走っているのか見ようともしなかった。ゼブもむっつりと黙り込んだままだ。三十分ばかり走ってからスピードがゆるみ、ぐるっと半円をえがくと、車は大きな石造りの家の前に止まった。

ゼブはうしろの座席からブリーフケースを拾い上げるとドアを開けた。アルドナは身じろぎもしなかった。いっしょに降りるそぶりでも見せようものなら、どんな不愉快なことばを浴びせられることか。でも、ドアが閉まるとふいに息づまるような感じがして、車の窓を開ける。

夜の冷たい空気がほおに快い。ゼブがまだ何歩も歩かないうちに玄関の扉が開いて、女のひとが階段を下りてきた。背は中くらいで、髪が銀色に光った。

「ゼブ！　やっぱりあなただったのね。寝室に行こうとしたら、窓をヘッドライトの明かりがかすめていったものだから。会えてうれしいわ――たとえ、ひとがベッドに入る時間に来てくれたとしても」

「ちょっとよっただけなんだよ」優しい口調だった。ブリーフケースを持ち上げて見せる。「明日、ぼくは社に顔を出せないんでね、ライオネルに書類をことづけようと思って――彼、いるんでしょう?」

「お夕食のあと、書斎にこもったきりよ」

ミセス・ダウンズの口調にはあきらめがにじんでいた。ゼブが腕を取って家に入ろうとすると、ミセス・ダウンズは息子に話しかける。

「お友達を紹介してくれないの、ゼブ?」

「いいよ。でも、アルドナはぼくに感謝はしないな。家事の途中でドライブに引っぱり出したんだから」

五秒後にはもうドアが開いて、彼女は二の腕をがっしりつかまれ、小石を敷きつめた庭に降り立っていた。でもなんとか初対面の挨拶《あいさつ》をすませると、ミセス・ダウンズはアルドナをなかに誘った。

「ゼブがビジネスをかたづけるまで、そんなところに座らせておくわけにはいかないわ。ゼブ、あなたの考えはママにはわからないわ!」

家に入ると、ゼブは奥に行き、アルドナはミセス・ダウンズとすてきな居間に通った。言われるままに更紗《サラサ》のソファに座る。でも、飲みものは断った。この親切なかたの好意に甘えては、なんとしても気がすまない。

銀色と見えた髪は白髪だった。でも、しわはほとんどなくて、年も五十代半ばだろうか。なんとかアルドナにくつろいでもらおうと、いろいろ気を遣ってくれる。

職業をきかれて、保育園で子供たちの世話をしていると答えると、なみなみならぬ関心を示す。罪悪感さえなかったら、心を開いて話し合えると感じたほどだった。

「ゼブとのおつきあいは長いの？」

「いいえ、それほどでも」あんまりつっけんどんだと気がついて、嘘《うそ》をつく。「わたしたち、パーティーで知りあったんです」

「ほんと？」ゼブと同じ灰色の瞳がきらめく。「ごめんなさいね、アルドナ。でも、わたしの知っているかぎり、ゼブはなんとかしてパーティーに行くまいと逃げ回る子なのよ」

「まあ……」

「でも、あの子も例外をつくってよかったと思っているのじゃないかしら？」

つまり、わたしに会えて喜んでるって意味なんだわ……。アルドナが何も言えないでいると、背後のドアが開いた。ゼブだけでなく、ライオネル・ダウンズもいっしょかもしれないと思うと、顔を上げることもできない。

「こっちの用はすんだよ」

ゼブの声だった。ほっとして立ち上がる。せめてコーヒーくらい飲んでいらっしゃいという母の誘いをゼブは断った。また電話するよと言って、最後につけ加えたことばに、アルドナは鼓動が速まるのをどうしようもなかった。

「ぼくはこのお嬢さんを、ベッドまで送っていかなきゃならないんだよ」

車が道路に出るころ、やっと鼓動も静まりはじめる。信号待ちをしていたゼブがポケットから何かを取り出し、アクセルを踏み込みながらアルドナのひざの上に一枚の紙を落とした。飛んでいきそうになる紙きれをあわてて押さえる。

「なんなの？」

「受け取りさ——ぼくが金をダウンズに渡したことの証明だよ」

「受け取りね」

ちっとも疑ったりしてないのに。

「これで、きみのやつにたいする借りは清算ずみだ——きみのものすごい借金の相手は、いまやこのぼくだよ」

意味深長な言いかただった。でも、答えようがなかった。心がいくぶん軽くなる——やっと、父は安全になったんだわ。

十分ばかりして、もう心配はひとつだけになったと思いながら窓の外を見る。家路についているものとばかり思っていたのに、車は高速道路に向かって走っていた。

「あの……この道じゃなくて……わたしたち、どこに行くの？」

「ぼくのところだ」

窓を閉めなければよかったわ、すごく暑いみたい。ゼブの住まいがどこにあるのかは知らないが、高速道路を使うのなら、明日の朝わたしはどうやって出勤すればいいのかしら？

「朝になったら、アパートまで連れて帰ってくださる？」

弱々しい声だった。夜が過ぎなければ朝にならないことを思うと、気もくじけてしまう。

「ぼくより少ない金で、きみはダウンズに二週間もやったじゃないか」

「それじゃあなた……ただのひと晩だけじゃなくて……もっといっしょにいろとおっしゃるの？」

「三千ポンドと引き替えなんだから、ただのひと晩というわけにはいかないな、アルドナ」あたりまえのことを話している口調だった。「それに、きみは取り引きの前に逃げ出した前歴があるから、今度はそうたやすくは逃げられないように考えておいたんだ」

ひざががくがくしてくる。いったい、いつまで手もとに置いておくつもりかしら？

「でも、わたしの仕事はどうなるの？　時間に遅れるわけには……」

「こうなっても仕事をするつもりなのか？　あきれたな、夜の商売からは手を引くしかあるまい！」

怒りがめらめらと燃え立ち、彼女はゼブをぶちたい気持をかろうじて抑えた。しかし、そのあとはかたくなに口を閉ざして、ひと言もしゃべらなかった。

何時間もドライブしているような感じがした。車中の暑さのせいで眠くなってくる。前の晩はほとんど眠っていないし、精神的にも疲れはてて、アルドナはとうとう目をつぶってしまった。

「ベッドのほうがはるかによく眠れるぞ」

厳しい声に目を覚ます。眠けのもやを破って、自分のアパートでひとり眠っていたわけじゃないという思いが胸を刺す。まだゼブの車のなかだし、まだゼブといっしょなんだわ。目を開くと、頭がずきずきする。山荘の窓が明るい。玄関の扉が開いているところを見ると、ゼブは山荘を開けてから、アルドナを連れに来たのだろう。山荘ですって！

「わたし、あなたのフラットに行くんだと思ってたわ」車から降りようともしないで言う。

「ここはどこ？」

「ブレコンシャー……。さあ、降りろ」

山荘には独特の魅力があった。別に変わったつくりではないが、ぬくもりが感じられる。もう九月の末だから、山荘は冷え込んでいるはずなのに。

「ここはよくお使いになるの？」

「できるかぎり使ってる」小さなホールを抜けて、居間に案内しながら言う。「それに、きみの目のなかのもうひとつの質問に答えると、ここにはまだ誰も連れてきたことはない

——きみが考えてるたぐいの用途にはぴったりのフラットが、ロンドンにあるんでね。ここは、平和と静けさが欲しい時、やってくるんだ」

思わずゼブを見やる。大きな会社を経営しているからこそ、こういう〝すべてから逃げ出せる〟場所が必要なのだろう。

「ここなら、誰もあなたを見つけられないわね」

「ぼくらは、誰にもじゃまされたくない。そうだろう?」

からかっているような答えだ。居間に入ったとたんに、彼女は自分のスーツケースに気づいた。マルタ島のゼブの部屋で、衣装戸棚の上に置き去りにしてきた、もう二度と見ることはないと思っていたスーツケースだった。

「わたしのスーツケースだわ」

「ここにいるあいだは、たいして着るものもいらない。あのなかに入っているだけでも充分すぎるくらいだよ」

「あなた、わたしの持ちものを調べたのね!」

声には怒りと当惑がまじっていた。あの中には下着だって入っていたのに。

「きみはまさに、ぼくから三千ポンド巻き上げようとしたじゃないか。きみが何者か、手がかりを探すのは当然だろう? きみは妖婦《ファム・ファタール》ってことになるんだろうが、それにしては男を惑わすようなものは何もなかったぞ」

ゼブのいぶかしげな目も気に入らなかったし、持ちものを調べられたのは、やはり腹が立つ。

「男性がすべて、黒いレースの女性に参るとは言えないでしょ！」

「賛成だな。ぼくは、白いコットンのナイトドレス姿の女性を見ても、同じように興奮するね」

アルドナはたちまち真っ赤になった。ゼブに白いコットンのナイトドレスを脱がされた時のことが、胸を愛撫《あいぶ》された記憶が、なまなましくよみがえった。

「赤くなったのか？」ちょっと不思議そうな響きがあった。「きみのかわいい頭のなかで、どんな思いつきが渦巻いているんだ、アルドナ？」

「赤くなったんじゃありません。ここが……暑いせいよ」

ゼブはごまかされはしなかった。そのことはアルドナにもわかったが、別に何も言わなかった。

「暖かいと言うべきだろうな。ここの管理をしてくれている女性が村にいるんだが、ヒーターを入れておくように伝言しておいたから」

「それじゃ、わたしをここに連れてきたのは、その場の思いつきじゃなかったのね？　前から準備してたのね？」

ゼブは答えなかった。答える必要はないと思っていることが、アルドナにもわかった。

「おなかはすいてないか？　それとも何か飲むかい？」

　だしぬけにきかれて、アルドナは反射的に答えていた。

「いいえ。どちらもけっこうよ」

「それなら、ベッドに入ろう」

　胃がきゅっと縮まる。頭痛はますますひどくなっていった。

「アスピリン、持ってらっしゃる？」

「また偏頭痛かい？」

　皮肉たっぷりの問いだった。むっとしたが、本当のことでなければ信じてもらえそうにない。

「いいえ」

「それじゃ、たぶんふたりで、アスピリンよりましな治療法が見つけられるんじゃないかな」

　その時にはもう、アルドナはゼブの腕のなかだった。胃と頭の痛みに加えて、心臓まで狂ったように暴れはじめる。

　ゼブはじっとアルドナの目に見入っていた。顔を明かりに向けてあお向かされた時、アルドナは思わず眉をひそめた。ゼブが何か言おうとして、思いとどまったのがわかった。

「偏頭痛じゃないっていうのは、たしかなのか？」

「たしかよ」

なぜ、こうまで正直になってしまうのか、自分でもわからなかった。だが、そのおかげなのかどうか、ゼブは腕をほどいて手近の椅子を指し示す。

「しばらくそこに座っていたまえ」

彼女が腰を下ろすのを待ちもせず、ゼブはスーツケースをさげて部屋を出ていった。ゼブが戻ってきたのは、十分ばかりしてからだったろうか。そのあいだ、アルドナは意識して何も考えないように努めながら、言われたとおりに椅子にかけていた。

ゼブは水溶性アスピリン入りのグラスを手渡し、アルドナが飲みほすのを待って、グラスを受け取るとテーブルに置いた。

「おいで」

アルドナの腕を取ると、ほとんど押しやるように居間を出、ホールから階段を上る。メインのベッドルームらしい部屋の前に立った時、アルドナは狂ったような心臓と、頭痛と、胃の苦しさのために、なすすべもなくダブルベッドを見つめるばかりだった。

「ベッドに入るのに手を貸そうか？」

「いいえ」

マルタ島で裸にされ寝かされたことを思い出して、アルドナはのどを締めつけられるような声で答えた。

「それじゃ、ひとりでなんとかしたまえ……おやすみ」

「おやすみって？」思わずきき返してしまう。「あなたは……どこで眠るの？」

「きみは気分がすぐれないようだから、ひとりで眠ったほうがいいんじゃないかと思ってね。ちがうのかい？」本当とは思えなくて、アルドナはゼブを見つめて立ちつくしていた。

「客間にぼくのベッドをメイクしたのさ」

ゼブは上体をかがめて、アルドナのかすかに開いた唇に軽くキスすると、すぐ体を起こして、彼女を見やったまま、にやっと笑った。

「いま行かなくちゃ、もう行けなくなってしまうからな」


目を覚ますと、すでに空は明るかった。ここがどこで、この部屋で何があったか、心に浮かんでくる。ゼブの思いやりが心にしみる。わたしを求めていながら、頭痛のことを知ると、そっとしておいてくれるなんて。

と、マルタ島でのゼブのことばがよみがえる——朝愛しあって、一日の楽しいスタートを切る。アルドナは急いで起き上がった。頭痛はあとかたもなく消えていた。

緊張しすぎたせいなんだわ。スーツケースから下着とズボンとシャツを出すと、爪先立ちでバスルームに入り、手早く顔を洗って着替えをすませる。階段は部厚い茶色のカーペットが敷いてあって、足音を立てる心配はなかった。

ほっと安堵《あんど》のため息をもらす。ゼブはまだベッドのなかだ。運転の疲れで、あと二、三時間眠ってくれるといいのに。

台所に行ってコーヒーを入れる。ミルクを出そうと冷蔵庫を開けてみると、いろいろなものがつまっていた。ゼブはいったい、いつまでここにいるつもりかしら？

そのことは考えないことにして、居間でコーヒーを飲む。窓から見える景色は美しい。ブレコンシャーは初めてだった。いまはたしか、パウイス州に合併されたんじゃなかったかしら？　ウェールズ中部の州で、ブラック・マウンテンがあって……。

もの音にふり向くと、ゼブが立っていた。タオルローブをはおっているが、脚も胸もあらわだった――そういえば、何も着ないで寝るのが好きだって言ってたけれど。

思わず目をそらすと、ゼブのからかうような声が追いかけてくる。

「きみの部屋をのぞいてみたんだぞ。眠れなかったのか？」

ゼブはつかつかと歩みよる。窓辺に立っていたアルドナは、あとずさりもできない。ゼブの位置は、アルドナが横に逃げようとしても、すぐ捕まえられる距離だった。

「きみの歓迎の抱擁を楽しみにしていたんだがね。ベッドが空で、がっかりしたよ」

この調子で続けられたら、また顔を赤らめることになる。アルドナは話題を変えようとして、相手のことばを無視して言った。

「すぐ朝食を召しあがる？」

「ベッドで食べるつもりだったのにな」

「冷蔵庫に、ベーコンと卵がありましたけど」

ゼブはおかしそうに笑った。やっぱり、わたしをからかっていたんだわ。

「シャワーを浴びて、十分後には戻ってくる」

朝食のテーブルに戻ったゼブの髪は、まだぬれて、黒っぽく見えた。気分はすっかり変わっていて、アルドナをからかうどころか、必要以外にはひと言も口をきこうとしない。わたしが作った朝食なのに、わたしが同席していないみたいに食べるなんて……玄関のドアが開く音に、アルドナははっとして顔を上げた。

「ミセス・フィールドさ」

ホールに出て、小柄で針金のように見えるオーバーオールを着た女性をともなって戻る。ここの世話をしている村の女性って、このひとなのね。ゼブの紹介は簡単そのものだった。

「散歩に出かけてくる」だしぬけに言うと、彼はまるでミセス・フィールドの手前をつくろうためだけのようにつけ加えた。「きみもいっしょに来るかい、アルドナ?」

「わたし、よします」

ゼブがひとりになりたがっているのはよくわかっていた。アルドナにとってもそのほうが都合がいい。何か言い添える暇もなく、ゼブは部屋を出ていった。

「台所仕事はわたしがするわ」ミセス・フィールドがテーブルの上をかたづけはじめたの

を見て、アルドナは言った。けっこうですと言いそうな様子に、急いでつけ加える。「外に出る気分じゃないから、ほかにすることがないのよ」

「そうおっしゃるのなら」疑わしげに答えたものの、アルドナが本気だとわかると微笑を返す。「実はね、わたし、ちょっと急いでるんです。村でもうひとつ仕事の口があって毎週木曜日に行くことにしてるんですけど、明日はお葬式とぶつかってしまって。だから、ここをすませたら、午後にでもミセス・シモンズのお宅に回るつもりでしたの」すぐお悔やみを言うと、亡くなったのは近親ではなくてご主人の友達だということだった。「わたしたち、故人に敬意を表しに行くだけなんです。でも、明日は朝が早いものだから」

葬儀が行われるのはアベリストウィスで、めったに村から出ないミセス・フィールドにとっては、ちょっとした遠出気分でもあるらしかった。

アルドナが昼食の用意をしているあいだに、ミセス・フィールドが二階の掃除をすませる。厳しく育てられたアルドナにとっては、ゼブと寝室が別であったことが救いだった。

ゼブが姿を見せたのは、ミセス・フィールドが帰ってから、一時間ほどあとのことだ。戸口から上機嫌で声をかける。

「なんだか知らないが、いいにおいだぞ」

「散歩でおなかがすいたのね？」

「すぐ食べられるかい？」

思わず声をあげて笑ってしまう。ゼブは食事のあと、皿洗いまで手伝ってくれた。あのことで怖がらせる時は別だけれど、ゼブって本当にすてきだと思う。

この二時間というもの、ゼブは皮肉ひとつ言わなかった。食卓での会話からほぐれはじめた気分は、いっそうくつろいだものになり、アルドナはしだいに本来の自分に戻っていった。皿洗いがすむと、ゼブが声をかける。

「村まで散歩しないか?」

「喜んで。すぐジャケットを取ってきます」

夏の終わりのしるしは、いたるところにあった。みごとなとちの木のそばを通りかかると、アルドナは心のなかでつぶやいた――いつ、最後の実が落ちるのかしら? そのあと、葉は金色に染まっていくんだわ。

山荘から村まではかなりの距離があった。ゼブは歩幅を狭くして、アルドナに合わせてくれる。ようやく小さな村が見える。店が二軒。郵便局もある――ゼブの話では、ミセス・フィールドは隣の家に住んでいるので、郵便局に電話を入れて連絡を取ることができるという。

「疲れたかい?」

村を通り抜けると、ゼブがたずねた。

「ちっとも。わたし、散歩は大好きなの。そのうえ、ここにはみごとな木があるし」

「木が好きなのかい？」

「かしの木のたぐいがね」

ゼブとこんなにも気持がぴったりするなんて、不思議なくらいだった。ふたりをここに運んできた理由のすべてを、ゼブもまた忘れているように見える。あんなふうにしてゼブと知りあったことが、悔やまれてならなかった。

あまりにも多くの醜いことがありすぎて、長い友情を望むことなど不可能だと思っただけで、胸が痛む……長い友情ですって？　そうじゃないわ！　だが、いったい何が起こったのか、アルドナは考えてみるいとまがなかった。

「昨日、仕事のことを言ってたけど、どんな仕事をしてるの？」

「子供たちのお相手をしてるのよ」

まず安全な話題だと思いながら、ゼブの問いに答える。ゼブの母には話してしまったのだから、いずれは知れることでもあった。場所はときかれても、ありのままを答える。きき返すゼブの口調にも、別に変化はなかった。

「きみ、恵まれない子供たちのために働いているってわけだな？」

「子供たちが恵まれていないのは、両親の心遣いだけだわ。それも昼間だけ――だから、わたしたち、昼間だけだけど、両親の愛情の穴埋めをしようとしてるのよ」

ふたりはしばらく黙って歩いた。ゼブを見やると、もの思いに沈んでいるように見える。

「その、きみの仕事だけどね――給料はいいのかい？」

　ふいにきかれて、アルドナは警戒心がぴくりと動くのを感じた。が、考えるいとまもなく、答えのほうが口をついていた。

「涙金ってところかしら。でも、わたし、この仕事は大好きなの」

「ダウンズと旅行に出かけることで、きみは何をしようとしていたんだ、アルドナ？」アルドナが凍りついたように立ちつくすのを見て、追い打ちをかける。「だんだんわかってきたんだが、きみのやつに対する反感は、ぼくと同じくらい強烈だ。だからこそきいているんだぞ――やっと旅行に出かけた理由はなんだ？」

　用心が足りなかったことを後悔しても、手遅れだった。ゼブはアルドナににせの安心感を与え、アルドナはみごとに引っかかって、本当の自分をあますところなく見せてしまったのだから。

　子供たちを愛し、ほとんどただ同様の賃金で働いている娘。それは、アルドナがゼブに思い込ませようとしてきた娘とはまるでちがう。いちばんふくらんだ財布に目をつけ、お金のためにはどんなことでもする娘とは正反対だと言っていい。

　アルドナにははっきりわかった。ゼブはいまセバスチャン・サッカレー社のセバスチャン・サッカレーで、このひとは真実のみを要求するひとなのだ、と。

9

うっかり安心したのがいけなかったんだわ。アルドナは答えを探しながら、同時に現在の状況を整理しようと努める――ライオネル・ダウンズはお金を取り戻したんだから、気にしなくていい。目をつけた女はほかにいるって言ってたから、わたしにつきまとうこともないだろう。

でも、サッカレー社の社長は別。どんなことをしても、何があったのか知られてはいけない。そっと目を上げると、ゼブはアルドナといっしょに立ち止まっていて、質問に答えないかぎりてこでも動きそうになかった――使える手は、はったりしかない。それでなんとか切り抜けなくては。

「なぜ彼と旅行に出たか、あなた、よくご存じのくせに」

「ああ、そうとも。きみはどうしても毛皮のコートが欲しかったっていうんだろう、アルドナ?」

「ええ、欲しかったわ」なぜか、ゼブは信じていないとわかるが、靴の爪先で草をこすりながら言いはった。「わたし、どんなことをしても、あのコートが欲しかったの」

「がまんできない男と、十四夜もベッドで過ごすことを覚悟するくらい、コートが欲しかったっていうわけだね？」おだやかな口調だった。おだやかすぎて、危険なくらいに。

「いいかい、アルドナ。その説明ではぼくにはふに落ちない点があるんだよ。毛皮のコートが欲しいばかりに、相手かまわず自分の体を売った女がいる。毛皮を手に入れて一カ月にもならない。となると、かた時も自分のそばから手放したくないのがふつうだろう。それなのに、その女は、義理の母親に貸したという」

「そんなこと……ちっともおかしくないわ。だってわたし……」

「事実は、きみには貪欲《どんよく》さってものがないことを示しているんじゃないのかな？」アルドナのことばなど耳に入らなかったようにあとを続ける。「事実はむしろ、きみの給料のせいで——たしかきみは涙金って言ったな——借金をして動きが取れなくなったんじゃないだろうか？」

アルドナはゼブの推理にびっくりして、まじまじと相手を見つめた。相手のほうはアルドナが息をのんだことにも気づかなかったようだ。

「きみは、父親に助けを求めることもできたはずだ。しかし、たとえ父親と自分の心配を分かち合う気になったとしても——それだって、ぼくの見るところでは、父親に心配をかけるくらいならきみはどんなことでもするタイプだが——父親が新妻に打ち明けることを考えると、プライドが許さなかった。そうだろう？」

「わたし、借金なんか一度もしたことはありません」

アルドナは誇りを傷つけられて、かっとなって言った。が、ゼブの疑わしげな目つきに気づいて、真っ赤になってしまった。恥ずかしさのあまり、死んでしまいたい——ゼブに三千ポンドも借金していて、いまだに、ほんの少しでも返そうとさえしていないのだから。

「あなたはまちがってるわ。何もかもまちがいだらけ。わたしはあの毛皮がどんなことをしてでも欲しかったわ。でもバーバラが、父のいる前でとってもほめたの……わたし、ふたりが結婚した時、バーバラに優しくしたとは言えなかったから、父に見せたかったのよ。わたしが反感を持ってるんじゃないかって心配しなくていい、だんだんバーバラが好きになって、いまじゃ手に入れたばかりの毛皮だって貸してあげるくらいだからってところを……あなたもおっしゃったでしょ？　わたし、父を心配させないためになら、なんでもするって」

「きみの父親は、きみがコートを買う金をどこから手に入れたと思ったんだ？」

「父にはコートの値段なんかわからないもの」追いつめられると、われながらもっともらしい嘘《うそ》がひらめく。「貯金をはたいて古着を買ったって言ったのよ」だが、ゼブの目はいっそう鋭くなるばかりで、見ているだけで怖くなってくる。もうこれ以上は耐えられないと、アルドナは思った。「わたし、山荘に帰ります」

「好きなようにしたまえ」

直感が当たって、ゼブはいっしょに来ようとはしなかった。くるりと背を向け、大股に去っていく。

山荘に向かう道すがら、彼女は散歩のあいだの、自分の心の動きを分析した。あらゆることば、あらゆる動き、あらゆる感情を、考えれば考えるほど、座り込んで涙にくれそうになる自分を抑えるのがやっとだった。

ただひとつの事実が、くっきりと、否定しようもなく浮かび上がってくる——いつのまにかわたしは、セバスチャン・サッカレーを愛している。

愛しても無意味だし、ゼブはわたしに優しくしてくれた時より、つらく当たったときのほうがずっと多い——いくらそう言い聞かせても、事実にはなんの変わりもない。

つらく当たられた時のことはおぼろにぼやけ、もうひとつの面を見せてくれた時のことだけが心に残っている。

マルタ島の歴史を話してくれたゼブ。偏頭痛の介抱をしてくれたゼブ。その夜、まだぐあいが良くなりきっていないと知って、欲望を抑えてくれたゼブ。昨日の夜だってそう、思いやりから欲望を抑えてくれたんだもの。

そして今日、まだわずか一時間前のことだけれど、わたしが言いはっているほど悪い女ではないと信じてくれようとしたゼブ。ライオネル・ダウンズのお金を受け取った理由さえ理解してくれようとしたゼブ……。

午後八時になって、やっとゼブが帰ってきた。玄関のドアが開いたとたんに、アルドナは硬くなってしまう。自然にふるまうのよ、と、何度も何度も自分に言い聞かせる。けれども、ひと目見てすぐ目をそらすつもりでいたのに、いったんゼブを見てしまったらもう目が離せなくなる。

ああ、愛してるわ！　ゼブは冷たくて取りつく島がなく、わたしを嫌っているようだけど、でもやっぱりわたしは愛してる。ギーにたいしてこんなふうに感じたことは一度もなかった。やっとの思いでゼブから目をそらす。

「お夕食はできてます。いま召しあがる？」

「どっちでもいい」

ゼブはわたしに口もききたくないみたいだけれど、たぶん、それでいいのだろう。わたしはまだ自分の愛に気づいたばかりで、この愛の落とし穴については、何ひとつわかっていないんだもの。

黙って食事を終える。ゼブは昼食のあとのように皿洗いを手伝おうとも言わず、さっさと居間に戻ってしまった。

ゼブを見ていたい、といってゼブといっしょにいるのは怖い。アルドナは台所でぐずぐずしていた。時計の長針が回り、二階に上がる時間が近づくにつれて、落ち着きのなさはつのるばかりだ。

ゼブがわたしを抱く気をなくしますようにと望むのはむだだとわかっている。けれど、彼はいっこうに二階に上がるのを急いでいる様子もないようだし……。

壁越しに居間のもの音を聞いたように思って、アルドナはたちまちパニックに襲われる。やっぱり居間に行ったほうがいいわ。お台所まで来て、わたしを引きずり出すしかなかったりしたら、ものすごく怒るにきまってるもの。

「おいで」

ゼブが目を上げて言う。長椅子に座って、技術関係の雑誌を読んでいたようだった。アルドナはうしろ手にドアを閉める。ゼブはまださっきの厳しい顔つきのままだった。わたしにも雑誌があれば、あんな怖い顔を見ていなくてもすむのに。

ゼブからいちばん遠い椅子に座るつもりで、ゼブの前を通り抜けようとしたアルドナは、いきなり手首をつかまれてびくっとする。そのまま軽々と引きよせられて、長椅子のゼブの隣に座るしかなくなってしまった。

「別に怒ってるわけじゃあるまい？」

「いいえ、全然」

「よろしい」

ゼブは腕をアルドナの肩に回す。アルドナは目の前をまっすぐ見すえていた。どきどきしてる心臓の音が、ゼブに聞こえやしないかしら? つぎの瞬間、アルドナはショックに目をつぶった。ゼブの手が肩からすべって脇腹にかかった。音は聞こえなくても、もう胸がどきどきしていることを隠すすべはない。

「怖がってるんじゃあるまいね?」からかっているような口調だった。すぐきつい声に変わる。「きみは経験があるんだから……こういうことには。そうだろう?」

「もちろんよ」

ゼブはアルドナの返事を受け入れたのか、別に反問もしない。けれども、おなかの上の手が上へと上ってきはじめると、彼女は反射的に立ち上がっていた。不意をつかれて、ゼブはアルドナから手を離す。

「わたし……ベッドに入りたいの」

言ってしまってから、なんてばかなことをと、心のなかでつぶやく。

「すてきなアイデアじゃないか!」

からかいの口調が戻っていた。それ以上何も言わないうちに、彼女は居間を出た。どれくらい、ぐったりしていたのかわからない。やっとアルドナは、部屋着とナイトドレスを持ってバスルームに入った。いくらぐずぐずしても、いよいよその時が来ようとしているという事実は避けようがなかった。

それでも、昼間の服装からナイトドレスに着替えたものかどうか、思いあぐねる。でも、マルタ島でのことを考えると、答えは自然にきまった。あの時もゼブはわたしを裸にしたのだから、必要となればまた裸にしてしまうだろう。何も身につけないでベッドに寝かされるよりは、自分でナイトドレスに着替えておいたほうが、はるかにましだった。

アルドナの緊張しきった神経には一時間もたったかと思われるほどの時間が過ぎて、階段を上る足音が聞こえた。それを合図に、急いでベッドにもぐり込む。

けれども、ゼブはまっすぐ寝室には入ってこなかった。水が流れる音がしているから、シャワーを浴びているのだろう。ふたたび、ゼブはわたしを自分のものにすることを少しも急いでいない、という思いが胸を打つ。

やがて寝室のドアが開いた。戸口にゼブの姿があった。今朝と同じようにタオルローブをはおっていて、胸も脚もあらわだった。アルドナはあごまで掛け布団を引っぱり上げる。

ゼブはゆっくりベッドに歩みよった。

「顔は赤いし、目はまん丸で飛び出しそうだ。アスピリンを持ってこようか?」

皮肉はもうたくさん。アルドナはクールな声で答える。

「頭痛じゃありません――もし、そう思ってらっしゃるなら」

まだ何か言われるにちがいないと覚悟していたのに、ゼブはドアのそばに歩みよって明かりのスイッチを消す。そして暗いなかで、ゆったりとベッドに入ってきた。

アルドナが震えているのがわかったのかどうか、ゼブが険しい目を向ける。その表情を見ていると、ゼブの愛撫《あいぶ》も容赦のないものにちがいないと思えてしまう。けれども、黙ってアルドナに手を伸ばし、抱きよせるしぐさには、荒々しさのかけらもなかった。キスは優しく、愛撫の手もけっして先を急ごうとはしない。

感謝の思いに乗って愛の波がよせてくる。あとで、ゼブの優しい愛しかたを幾度となく思い出すことだろう――そう思ったとたんに、アルドナの目には涙があふれた。

それなのに、ゼブを愛し、ゼブの愛撫にこたえたいという思いもあるのに、何かがアルドナをためらわせていた。その何かの正体はわからないけれど、厳しく育てられたこととは関係なくて、アルドナ自身の内部にある何かが、アルドナの思いにさからっていた。

ゼブが腰から手を離してほおをなでてくれるまで、アルドナは自分が泣いていることに気づいていなかった。ゼブの動きがぴたっと止まる。

「なぜ泣く?」

荒々しい声だった。

「自分でもわからないの」正直に答える。が、すぐ皮肉を浴びせられそうなことに気づいて、急いで言い添えた――せめて、思い出だけは甘美であってほしい。「わたしを怖がらせないで。お願いよ、ゼブ。お願いだから、優しくして」

「きみを怖がらせるなだって?」

ゼブにはなんのことかわからなかったらしい。欲望がすべてを押し流し、ゼブはアルドナの涙をぬぐうと唇を重ねた。優しいキスは情熱のかたまりとともに熱烈なキスへと変わり、アルドナもこたえないではいられなくなっていた。

ゼブの愛撫の手に、いつしかアルドナも愛撫でこたえていた。たくましい胸に指先が触れたとたんに、はっとして手を引っ込める――わたしはこのひとをほとんど知らないのに!

愛撫は一方通行でしかなくなってしまう。体はこたえたがっているのに、いままで感じたこともない恥ずかしさがアルドナを支配していた。ゼブが顔を上げ、怒ったように言う。

「自分を抑えようとするんじゃない、アルドナ」

「お願い……優しくして」

やっとの思いで繰り返す。自分がセンチメンタルになっていることはわかっていた。ゼブもそう思ったらしく、がらっと攻撃的になってしまう。

「なんだってぼくが優しくしなきゃいけないんだ?」

さっきの優しさに戻ってちょうだい! そう叫びたかった。でも、それはむりもないと思わせる答えをしないかぎり、望みはない。

「だって、わたし……まだ経験がないんですもの」

アルドナはそっとささやいた。ふたたび、ゼブの動きが止まった。

「たしかにないだろうさ！」

ゼブは信じなかったらしい。何者かにつき動かされるようにアルドナのナイトドレスを引き裂くと、荒々しくキスの雨を降らせながら、両手でアルドナの体をまさぐる。

息づまるような思いがあった。アルドナの恥ずかしさなど気にもとめず、ゼブの唇と手はアルドナの胸を愛撫する。

愛撫を返したいけれど、ゼブにかきたてられる感情が恐ろしかった。ゼブも愛撫を返してくれることを求めているとわかっていながら、初めての経験に、そこまで踏み切ることができなかった。

だしぬけに胸を愛撫していた手が止まり、唇が離れる。まるで嵐《あらし》の前の静けさといった感じがあった。ゼブはいったん体を離し、サイドランプのスイッチを入れて戻ってくる。悪い予感は当たっていて、ゼブはかんかんに怒っていた。

「なんてことだ！　きみはどうしたらいいか、何ひとつ知らないんじゃないか。すっかりおびえて、知ってるふりさえできない。そうだろう？」ゼブは信じたくないというように首をふった。「きみは男を知らない。そうなんだな？」

「ええ」

かぼそい声で答える。ゼブがいっそう怒り狂うのを見ると、嘘をつけばよかったと思わずにはいられなかった。

「なんてことだ。くだらない毛皮のコートなんかのために、あんなやつにきみは純潔を売るつもりでいたと思うと……」

ぐっと力を込めて両腕にアルドナを抱き上げ、そのまま体をずらしていって、サイドランプを消す。その時アルドナは試練に終わりのないことを悟った。

ゼブは純潔をライオネル・ダウンズに売ったことを荒々しくとがめたけれど、明日の朝までには、たしかにもっと若い男性が相手だとはいえ、自分は純潔をお金で売った女になってしまう。

荒々しく熱いキスは、アルドナのしたことにたいして、怒りを抑えきれなくなったかのようだった。体を愛撫する手は、もやは何ひとつ容赦しようとはしない。

ゼブの手を押しのけようとしながら、その時アルドナははっきりと知った――なぜ、ゼブが求めているのに愛撫にこたえることができなかったのか、その理由を。

恐れはますます大きくなる。ゼブと争うアルドナは、絶望の淵《ふち》をのぞいていた。アルドナは体をよじり、なんとかしてゼブから逃げようとした。

「いやよ！」悲鳴をあげてもむだだった。ゼブに押さえつけられて、もはや逃れるすべさえない。「いや、できないわ！」

「いまさらできないと気がついても手遅れだな」ゼブは残酷に言いわたす。「ぼくらはとっくに、どちらかを選ぶ段階は通り過ぎてる――きみはぼくのものになるんだ、アルドナ」

「いや……いやよ！」最後まで戦わなくては。アルドナはゼブに爪を立てようとした。

「わたしにはできないの！」

もしもお互いに愛し合っているのなら、喜んでゼブの望みに従ったにちがいない。でも、毛皮のコートの話のあとで、金を払ったのだからおまえを自分のものにすると言われて従ってしまったら、もう生きていけなくなってしまう。それでは娼婦《しょうふ》と変わらない——愛するひとを相手にそうなるわけには、絶対にいかなかった。

身をのけぞらせてゼブを避けながら、アルドナは声をあげて泣いていた。ゼブがなんとしてでもアルドナを自分のものにしようと決心していて、いやよという悲鳴にも耳を貸そうとしないとわかると、ほとんど狂乱状態に陥ってしまった。

「やめて！　わたし、がまんできないの！」自分でも異様に聞こえる甲高い叫びだった。

「あなたとだけはいや、あなたとだけはいや……いや……いや……あなたとだけはいや！」

ヒステリーの発作が治まってみると、いつのまにか明かりがついていた。ゼブも自分も荒々しく呼吸している。そして、ゼブが自分をゆさぶっていることに気づく。

「……わかったよ。わかった。きみの言いたいことははっきりとね。きみはぼくにさわれることにもがまんができない、そうなんだな？」

ゼブが二度めに明かりをつけてからのことは、アルドナはぼんやりとしか覚えていなかった。ゼブの裸の胸が波打っていたこと、表情が冷たかったこと。

そして突然、大きなベッドの真ん中に、ゼブと同じようなかっこうで座っていることに気づき、両手で胸を隠そうとしたこと。ゼブが床から部屋着を拾ってくれて、着ろと言い、ゼブ自身もローブをはおったこと。

「涙をふけよ」残酷なくらい冷たい声だった。「男が抱こうとすると、いつもこんな大騒ぎをやらかすのなら、きみがまだ未経験でも少しも不思議はないな!」

そして、アルドナが座ったままぬれた目をいっぱいに見開いたままでいると、ゼブはヒステリーが治まったことをたしかめるようにアルドナを見てから、部屋を出ていったこと。客間のドアがばたんと閉まる音がしたこと。

そして、静寂だけが残った。


時が過ぎるとともに、アルドナにも落ち着きが戻ってきて、同時に乱れに乱れた思いも、しだいにひとつの形にまとまっていくようだった。感情の嵐のあとに、冷ややかな無気力が続く。

真っ暗な空が紺青に、ダーク・グレーに変わり、暁の光がさしそめるころ、アルドナの心はきまった——もう一度、ゼブから逃げるしかない、と。

狂乱状態が収まるのを見届けると、ゼブはアルドナから離れていったけれど、それとて、ひと時の休息を与えてくれたにすぎないだろう。いつまで山荘に滞在するのかヒントさえ与えてくれなかったたし、たしかに思いやりはあるけれど、〝目には目を〟のひとであることを忘れることはできない。

ただ、同じ場面を明日の夜も演じるために、あるいはもっと早い時間に再演するために、そのためにだけ山荘にとどまっていることは、アルドナにはできなかった。

黙って山荘を出る時、アルドナは何ひとつ、短い書き置きさえも残さなかった。ベッドから毛布だけでなくシーツもはがして、きちんとたたむ。こうしておけば、ゼブがのぞきに来たとき、ただちょっと散歩に出かけたのではないとわかるだろう。

昨日と同じ道を村へと向かう。心の通いあった散歩のことを思い出すと、胸をナイフでえぐられる思いだった。だが、常識は、アルドナに無意味な夢を見るなと警告する。なんとかしてロンドンまで帰らなければ。それも、早ければ早いほどいい。もしゼブが早起きをしてアルドナの部屋をのぞきに来たら、すっかり怒り狂うだろう。そうなれば、もう、ヒステリーを起こしたところで容赦しないことはわかっている。

村に一台くらいはタクシーがあるだろうと当てにしていたのは、まちがいだった。そうなると、近くの町まで行くひとの車に同乗を頼むしかなくなる。

アルドナは街道を目指した。郵便局の前にぴかぴかのモーリス・マイナー・一〇〇〇が駐車しているのを見つけて、希望が大きくふくらむ。隣の家から男のひとが現れ、すぐあとから女のひとが現れたのを見て、足を速める。

ミセス・フィールドだった。昨日交わした雑談がよみがえる。たしか、アベリストウィスの町で行われる葬儀に出席するために、早朝に出発すると言っていたわ。ミセス・フィールドもアルドナに気づいた。

「お発《た》ちになる前に捕まえたくて、急いで来たのよ」明るい微笑を浮かべ、あつかましく聞こえないように祈りながらあとを続ける。「ミスター・サッカレーは、今日は書類仕事で忙しいんですって。だから、わたし、ロンドンに帰ることにしたの。鉄道の駅まで乗せてくださる？」

「いいですよ、もちろん」三人の娘を嫁がせたと言っていたから、若い女性のすることには、もう驚かなくなっているのかもしれなかった。「かまわないわね、ジム？」

「レディがお困りとあっては、いかようにもお力になりましょうぞ」

ユーモアたっぷりの答えだった。きらめく青い目とばら色のほおを見ていると、お葬式の最中でも上機嫌に見えそうなひとだった。

翌日から保育園に出勤する。ミセス・アームストロングは、アルドナが無断欠勤したことにも軽く注意を与えただけで、かえって顔色が良くないことを心配してくれたほどだった。

事実、二、三日のあいだ、アルドナはアパートのドアにノックがあるたびにぎくっとしておびえながら過ごした。ゼブはとっくにロンドンに帰っているはずだった。怒鳴り込まれることを覚悟していたのに、何ごともなく日が過ぎていく。その時初めて、アルドナはゼブに訪ねてくる気がないことを、もう二度とゼブには会えないことを悟った。

〝目には目を〟はたしかにゼブの信条だけれど、もううんざりだと思ったにちがいない。三千ポンドはアルドナにとってこそ大金だけれど、ゼブにとってはなんでもないお金だろう。それに、お金で体を売るような娘を、いつまでも追い回す男がどこにいるだろう？

山荘を逃げ出して早くも二週間になろうという日、午後四時半にアパートの玄関のベルが鳴った。アルドナは保育園から帰ったばかりだったけれど、階下《した》に下りた。火曜日だから、夜、父に会いに行く日だった。だから、訪問者が父だとわかると、アルドナは喜びと驚きをともに味わうことになった。

「パパ！」

ドアを大きく開けて父をなかに入れ、またドアを閉める。とたんに、まだ父は勤務時間中だし、今夜の訪問を先に延ばしてほしければ電話をかければすむことだと気づいて、不安を感じないではいられなかった。

部屋に入ってふたりっきりになるまでは、父が訪問の理由を話すわけがないとわかっていたので、自分の部屋のドアを閉めるとすぐ、アルドナは疑問を口に出した。

「何か困ったことでもあるの？」こんなに厳しい父の顔を見るのは、子供の時、ひどいいたずらを見つかった時以来のことだ。恐怖に胸を締めつけられながらたずねる。「何か起きたのね？」

「そう言ってもいいだろうな」椅子に腰を下ろすと、ローランド・メイヒュウは言った。

「一時間ほど前、ライオネル・ダウンズとけんかしたんだから」

ああ、神さま、ライオネルはまた父を脅迫してるんでしょうか？

「つぎからつぎへと飛び火して、とうとうやつは個人的なことまで持ち出してきた――あまりにも個人的なことに及んだから、わたしはやつになぐりかかった。誰かが来合わせて止めなかったら、わたしはやつの鼻に一発見舞っていたところだった」

「まあ、パパ、心臓が！」

「心臓より娘のほうがたいせつさ、心臓なんかくそくらえだ！　やつがおまえについてほのめかしたいやらしい話だけでも、やつを殺してやりたいくらいだ。もう一度かかっていく前に、やつは姿を消していたがね……。しかし、気が静まるにつれて、やつの言ったことばのひとつが、たしかにあったほかのできごとと結びつくような気がしてきたんだ。そこでだよ、アルドナ、おまえがヒラリーの家に行くと言っていた土曜日に、本当はどこに行ったのか知りたい。おまえの話では、保育園のほうで人手が足りなくなって、行くのをやめたということだった。だが、ライオネル・ダウンズの話では、その土曜日、おまえはやつといっしょにマルタ島へ飛行機で出かけたというんだが」

まあ、どうしよう！　ライオネル・ダウンズになぐりかかるほど父が自制心を忘れたというだけでも悪い話なのに、ダウンズの話は事実だと告白しなければならないなんて。

しかも相手は、自分をあんなに厳しくしつけてくれた父であり、あんなに愛してくれた父であり、職を失う危険を冒してもあのいやな男のほのめかしから娘の名誉を守ろうとした父だなんて。

「おまえの返事を待っているんだよ、アルドナ」それでも答えが返ってこないので、いらだってたたみかける。「まさか、やつが言ってたことすべてが本当だというんじゃあるまい？　おまえはやつと旅行に出かけたのか？　やつの妻だと名乗ってホテルに泊まったのか？」黙っていれば、認めたことになることはわかっていた。でも、父になんと思われようとも、なぜそんなことをしたのか父に話すことだけはできない。父はなおも質問を繰り返した。「やつが言ったことは本当なのか？　おまえはやつと一夜を明かし、セバスチャン・サッカレーが現れると彼にまでちょっかいを出して、つぎの夜はいっしょに過ごしたのか？」

「セバスチャン・サッカレー……ゼブ……」

アルドナは思わず小声でつぶやく。ライオネル・ダウンズが言ったような女ではないと父に信じさせる試みは、何ひとつしないままだった。

「社長がうちに訪ねてきたのも、ビジネスにはなんのかかわりもなかったんだな？　あの訪問を思い出すと、たしかに何よりもダウンズの言ったことと符合するようだ。セバスチャン・サッカレーがうちに訪ねてきたのも、おまえが住所を教えなかったからで、彼はもう一度おまえに会いたいと思ったからだろう。そうだったんだな？」

「ええ」

蚊の鳴くような声だった。せめて、セバスチャン・サッカレー社の社長がなぜわたしにもう一度会いたがったのか、その理由まではきかないでほしい。が、父は何も言わなかった。父なりに答えを出したのだろうか。

その時、父が長いため息を漏らした。すっかり打ちのめされた様子に、アルドナは席を立って父のそばに駆けよった。ローランド・メイヒュウはうめくように言った。娘を責めることばはひと言もなかった。

「ああ、どこでわたしはおまえの育てかたをまちがえたんだろう？　おまえはあんなにかわいい、無邪気な子供だったのに……」

「パパは、どこでもまちがったりしなかったわよ」アルドナは両腕に、父のすぼめた肩を抱いた。「娘にとって最高の父親ですもの」

「おまえのお母さんが亡くなった時、ほかの誰にもおまえの世話はまかせまいと決心したんだが、やっぱり頑固すぎたのだろうか？」アルドナのことばなど耳に入らなかったらしい。「いまになって、わたしにもわかる。おまえを育てるには女の手が必要だと言ったひとたちのことばに、わたしは耳を傾けるべきだった」

　すべては自分の責任だと、自分を責める父のことばを、アルドナはそれ以上聞いていられなかった。父親としてどこかでまちがったために、娘をだめにしてしまったといつまでも思い悩まれるよりは、すべての真実を知らせたほうがはるかにましだと、アルドナは思った。

「聞いてちょうだい、パパ」椅子のひじかけから下りて、父のそばの床にひざをつく。

「わたし、救いがたいほど罪深く見えることは知ってます。たしかに、マルタ島にライオネル・ダウンズと行ったことも否定できないんです。でもそれは、パパがなおせなかった性格のゆがみがあったせいじゃないの」

　父が顔を上げた。やっと注意を引くことができたと思う。

「わたしが彼と旅行した理由はね、もし承知したら、会社の帳簿にあけた二千ポンドを穴埋めしてくれるって言われたからだったの」

「でも、それがおまえにどんなかかわりがあるんだね？」ああ、パパ、わたしがどんなにパパを愛し、パパの心臓のことを心配したかわからないの？　わたしがやったことの動機はそれだけだったのよ。「おまえはダウンズとマルタ島に行く前に、ギーとの婚約を解消してたじゃないか？　あの夜、おまえを送っていったダウンズが戻ってきて、そのことを教えてくれた時、まるで一トンもの重しが肩から取れた思いだったよ」

ギーですって？　ギーとなんのかかわりがあるの？　アルドナはおずおずと話しはじめた。

「パパ……わたしたち、話がかみあっていないんじゃないかしら？　わたしがライオネル・ダウンズと旅行に出かけたのは、彼がパパに小切手をあげるって言ったからなのよ、パパの……借りたお金のぶんの」

「借りただって！　わたしはどんな金も借りてはいないぞ」ローランド・メイヒュウは雷に打たれでもしたように叫んだ。それから、やっとアルドナのことばの意味が伝わったらしい。「なんてことだ……アルドナ、あの金を取ったのはわたしじゃない。おまえの元のフィアンセのギー・スティントン、彼が盗みの犯人なんだ」

10

「ギーですって！　でも……」まさかそんな。とても信じられない。

目を丸くして父に目を向けると、怒りに顔がゆがんでいる。心臓が心配になったとたんに、父が叫んだ。「あの人間のくずめ！」

そんなことばを父が使うのを耳にするのは、初めてだった。父なりにライオネル・ダウンズのきたないやり口に気がついたのだろう。でも、何よりも父を落ち着かせなくては。

「興奮しちゃだめよ、パパ。お願い」父の手を力いっぱい握り締める。「お願いよ！」

「心配しなくていい——わたしならだいじょうぶだ。ダウンズとやり合ったあと、用心のために薬を一錠よけいに飲んでおいたから」アルドナの手を軽くたたき、また厳しい表情に戻る。「すべてを話しなさい。最初から最後までだよ」

何よりもまず、アルドナは父に危険な兆候が表れていないかどうか、じっと見守った。

それから、ライオネル・ダウンズと旅行に行くまでのいきさつを、一段和らげて話した。

ダウンズの手のなかにあったとき味わった恐怖は、知らせる必要のないものだった。ゼブについても、何も言わなかった。

話し終えると、娘が自分への愛のためにしたことを聞いて、父は男らしく涙をこらえていることがわかった。

「ああ、わたしのベイビー！」

もう何年も使ったことのない愛称が、うめくように父の口から漏れる。アルドナの目にも涙が光った。何度かせき払いしたあとで、父は自分のほうから見たことのなりゆきを話してくれる。

「ダウンズは二千ポンドの小切手なんかくれやしなかったし、またもらう必要もなかった。ダウンズから、おまえがギーとの婚約を破棄したことを聞いたからね」帳簿のミスを発見したのは父自身だったのだ。

その段階で、誰かが会社の金を着服したなど夢にも思わずに、すぐダウンズに相談した。ミスを追っていってギーをつき止めたのが、ダウンズだった。

「その時、ギーは休暇で旅行中だった——そのまま社には戻らなかった」

「それじゃ、ギーは……」

「おそらく、自分で思い込んでいたほど賢くはなかったことに気づいたんだろうな……。話を元に戻すと、犯人が自分の未来の義理の息子であることがわかったとき、わたしには、これが明るみに出たら、どんなにおまえが傷つくか、そのことしか考えられなかった。ギーの有罪はまぬがれないし、刑務所送りになるかもしれないんだから。そこで考えたんだよ、もしおまえがギーを、わたしがバーバラを愛している半分でも愛しているとしたら、ギーが何をしでかそうとおまえの気持は変わらないだろう、とね。だからダウンズに頼み込んだんだよ——わたしがその金の穴埋めはするから、そのことについては何も言わないでおく、そういうふうに取り計らってはくれないだろうか、と。ダウンズは、夜、わたしの家に来て相談に乗ろうと言ってくれた。でも、バーバラが出かけるまでは何も話せなかった。この段階では、わたしが心配していることでバーバラに気をもませたくなかったからね。しかも、わたしがまだ二階で探しものをしているうちに、おまえが来てしまったから……」

「でも、どこからそのお金を手に入れるつもりだったの？　パパには余分なお金があるなんて思えなかったわ。だからこそ、すべてははじまったんじゃないの。だってわたし、パパがお金を……借りたのは、バーバラの毛皮のコートの代金を払うためだと思っていたわ」

「毛皮のコートって？　ああ、バーバラが得意になってる代物のことだな。わたしが買ったんじゃないよ。バーバラの従兄《いとこ》が亡くなって、遺言で贈られた金で買ったものさ」

「ああ、パパ。わたし、本当にばかだったわ！」

「わたしたちはふたりとも賢明にふるまったとは言えないいな。いくら、動機はふたりとも、心からの思いやりから出たことだとは言っても……」父の表情は暗くなった。「わたしにとって何よりも悲しいのは、わたしのせいで、おまえが純潔をあんな男に売り渡したことだ」

「そんなことしなかったわ……いざとなるとできなかったのよ。そこへ……ゼブが現れて……」

「セバスチャン・サッカレーとはどうだった？」

「彼、マルタ島では、とても親切にしてくれたけど……何ごとも起きないうちに、わたし、逃げ出してしまったの」

父が大きな安堵《あんど》のため息を漏らすのが聞こえた。それは、いよいよアルドナの恐れていた質問がなされる時でもあった。

「もしダウンズが、わたしに二千ポンドの小切手を渡すと嘘《うそ》をついて、おまえをマルタ島旅行に誘い出したのなら……簡単におまえを自由にすることなど考えられないんだが」

「ゼブがダウンズに三千ポンド支払ったの」

「三千ポンドだって！」

「ダウンズは、お金に利子をつけて返せって言ったのよ」

「うじ虫めが！　だからこそ、サッカレーがおまえを探しに来たんだな？　三千ポンドも払ったのに、おまえが逃げ出したせいなんだな？」

「ええ」

それ以上は何も言いたくなかった。父の口調は厳しかった。

「おまえはまだ……彼とはかたをつけていないんだな？」

「ええ」

「わかった」ただひと言のなかに、心の底からの安堵がこもっていた。「それなら、わたしが社長に会いに行こう——会って、彼の金を返してこよう」

「でも、パパ……」

「それがただひとつの正しい道ではないのかね、アルドナ。おまえにもわかっているはずだよ」

「ええ、わかってます。わかってはいますけど……そのお金をどこから手に入れるの？」

「悪いことなんかせんよ」ローランド・メイヒュウは立ち上がった。アルドナも立ち上がっていた。「あの夜、ダウンズが訪ねてきた時、ギー・スティントンが盗んだ金の穴埋めをわたしにさせてもらおうと思って、昼休みに保険を解約して現金に換える手続きをしておいたんだ。おまえが来た時二階で探しものをしていたと言ったのは、実はその保険証書だったのさ」

「保険証書ですって？　わたし、パパが保険に入っていたなんて、全然知らなかったわ！」

「何もおまえにすべてを話さなきゃならん義理はないさ」

苦しみのあとで、初めて父の目にからかうような光がきらめいた。

「まあ、かっこうつけるのね！」

アルドナも笑いを含んで切り返したが、父の話がはじまると、すぐ真剣な表情に戻った。

「保険を解約する手続きを取ってしまってから、お金の必要はないことがわかったために、いま銀行の口座に四千ポンドなにがしの金が入っている。じつは、バーバラと、どう使うか話しあっていたところなんだ」

「だけどバーバラは……」

「いや、バーバラは何も言わんさ。帳簿の件がかたづいてから、わたしはバーバラにすべてを話したんだ。彼女はわたしの取った処置に全面的に賛成してくれたよ」

「ああ、パパ……」言うべきことばもなかった。父は気のせいか、しわまで深くなったように見える。その時〝正しい道〟という父のことばが、まともにアルドナを打った。「ゼブにそのお金を返すのは、わたしにやらせてくださる？　少なくとも、そうするだけの義務は、ゼブに負っていると思うの」

「おまえが彼に負っているのは……」

父は口ごもる。アルドナの顔に、ことば以上のものが表れていることに気がついたのだろう。

父が帰ったあと、アルドナは自分の目がうるんでいることに気づいた。当然かもしれないと思う。父は娘がゼブに恋をしていることに気づき、胸が迫ったように娘の肩をがっしりと抱き締めたものだ。おそらくは、娘の恋に望みがないことを、はっきりわかっていたせいだろう。父はただ、こう言っただけだった――明日の朝、金をおまえの口座に移しておくからな。

その時以来、アルドナの心のなかで、自分自身との闘いが続いていた。ただゼブに小切手を送って、短い手紙をつけるだけではいけないの？　やっとお金を返せるようになりましたと書いておくだけですむじゃないの？

それどころか、手紙だって必要ないわよ。ただ小切手を送るだけで、ゼブはタイプで打った名前の上にわたしのサインまで見るんだし、そうすれば、どこからか、なんとかしてお金を集めてきたんだと思うはずですもの。

でも、そうさせない何かが、アルドナの心の底にわだかまっていた――ゼブには自分で会いに行って、じかにお金を返さなきゃいけないわ。二度までも逃げ出したりしたんだから、当然、ゼブが喜んで会ってくれるとは思えないけれど。

翌日、保育園に出勤したアルドナは、急用ができたと言って外出許可をもらった。

午前十一時、なんとかベストに見えるようにと、いちばん新しい服に着替えてアパートを出る。これ以上いらいらしないようにと、タクシーを拾った。

セバスチャン・サッカレー社はとても大きなビルで、偶然に父と出会うチャンスはほとんどなさそうに思える。ライオネル・ダウンズにしても事情は同じだけれど、もし顔を合わせたら、たたきつけてやることばも考えてあった。

どちらにも会わないままに、受付に着く。ミスター・セバスチャン・サッカレーにお目にかかりたいと言うと、ていねいに挨拶《あいさつ》される。ていねいすぎて、どうやら会わせてもらえそうにないとわかった。

しかし、アルドナだって、いたずらに眠れない夜を過ごしたわけではない。かなり前から予約を取っておかないと会えないことくらいは見当がついていた。考えられる十ほどの場合について、ちゃんとせりふまで練習したんだから。

社長の在社をたしかめると同時に、アルドナは演技をはじめた。

「じつはね、個人的な友達だってこと、言っておいたほうがいいと思うの」

ことばには出さないで、通さないとめんどうなことになるわよと伝える。受付のほうも、ことばには出さないで、その手は存じてますという顔をして見せた。そこで、アルドナはプランBに切り換えた。

「あのね、お母さまのお宅に置いてあった彼のものをことづかってるのよ。わたし、昨日、お宅に遊びに行ってたの。そしたら、じかに返してくれないかって頼まれたものだから。

お母さまの話だと……」

それ以上、演技をする必要はなかった。まるで魔法の文句のように働いて、受付の女性も自然な笑顔を取り戻す。

「失礼いたしました。じつはミスター・サッカレーはこの二週間スウェーデンに出張しておりましたものですから、今日はとても忙しくしておりまして、秘書の話ですと、どなたにもお目にかからないとか。でも、事情が事情ですものね……」

数分後には、アルドナはエレベーターのなかだった。おじけづいて、このまま引き返して、小切手を郵送しようかとも思う。

でも、もう一度、ひと目だけでもゼブの姿を見たかった。今日をおいては、ゼブに会う口実もなくなるのだもの。

エレベーターが止まり、アルドナは降りた。受付係に教わった部屋を探す必要はなかった。廊下を歩み去るダーク・スーツの背の高いうしろ姿は、どこで見てもひと目でわかるだろう。

アルドナはあとを追った。心臓が狂ったようにあばれだし、練習しておいたせりふもひと言も思い出せない。ゼブはいちばん奥の部屋のドアを開け、何げなくふり返った。

見つかってしまった以上は、前に進むしかない。けれども、氷のような目といかにも迷惑だと言わんばかりの顔を見ては、足もすくんでしまう。アルドナはゼブの何歩か手前で立ち止まった。

「あのう……」

その時、秘書らしい女性が戸口に出てきた。

「ああ、ミスター・サッカレー、いま受付から電話で、若い女性のかたがこちらに向かっているとのことですが……」

「もうここに来てる」背筋も凍るような声だった。ゼブが自分を憎んでいることがまざまざとわかって、アルドナは死んでしまいたかった。「受付に伝えてくれないか——誰にも会いたくないと言ったら、例外はないとね」

秘書には答える暇も与えず、ドアを閉めてしまう。すでにすっかりおびえているアルドナに、何か言いたいことがあるなら、廊下ですませろと言い渡したのと同じだった。

アルドナはバッグを開き、きちんと折りたたんで用意しておいた小切手を取り出す。秘書に命じたことばからも、ゼブはアルドナなんかに二度と会いたくなかったことは明らかだった。

「とてもお忙しいことはわかっています。これ以上、あなたのおじゃまはいたしません。ただ、これを渡したかっただけですから」

ゼブはアルドナが何を手渡したのか見ようともしなかった。もう一度アルドナに凍るような一瞥《いちべつ》をくれると、ドアを開ける。ことばどおり、これ以上じゃまはしてほしくないと言わんばかりだった。

ドアが閉まるまで待ちもせず、アルドナは長い廊下を引き返す。エレベーターまで、まるで一キロもあるような感じがする。どうかアパートに帰るまで涙をこらえられますように。

エレベーターのボタンを押す。廊下を急いで歩みよる足音に何げなくふり返ると、もう目の前に怒りに青ざめたゼブが立っていた。激怒のあまり、灰色の瞳さえ黒に近い。

エレベーターが着き、ドアが開くと、いきなりアルドナの腕をつかんでなかに押し込み、力まかせにボタンを押した。

エレベーターが止まると、おびえきって口もきけないアルドナを引きずり出し、びっくりして目を丸くしている受付係の前を通り過ぎる。腕をつかまれたままなので、ゼブについていくためには、ほとんど小走りになるしかなかった。

ビルを出て、駐車場まで引っぱっていかれ、乱暴に車のなかに押し込まれる。つぎの瞬間には、もう車は猛スピードで走りだしていた。アルドナはやっとの思いでたずねる。

「わたしをどこへ連れていくの?」

「黙ってろ。運転のじゃまだ」

アルドナは黙り込んだ。これほどの怒りが自分に向けられていると思うと、外の景色など目に入らなくなる。車が止まり、ゼブがドアを開けてアルドナを引きずり出した。

ロンドンでも最高級の住宅街だった。やっと、ここにゼブが住んでいるのだと気づくまもなく、とある建物の玄関を通り抜け、エレベーターのなかに連れ込まれてしまう。エレベーターを降り、フラットの一室に入る。ロンドンを見下ろす大きな窓。いかにも快適な応接セットや春の芝生のようにふかぶかとしたじゅうたんが目に入った。ドアを閉め、部屋の真ん中まで来て、やっとゼブはアルドナの腕を放した。

「さあ、いったいいままで何をしていたか話してみろ！」

「何をしていたかって？」

「だんまりをきめこむんじゃない。ぼくはそんな気分じゃないんだからな！」

ゼブはアルドナの肩に両手をかけ、乱暴にゆさぶり、はっとしたように手を引っ込めた。まるで、自分が何をしでかすか自信が持てないというように。

「いいか。もしきみがほかの男に体を売ったんだとしたら、この場で殺してやる！」

「殺す……」本当に殺しかねないゼブの形相に、アルドナは声も出ない。一瞬ののち、ゼブの言ったことばの意味がわかって、息をのんだ。「あなた、お金のことを言ってるのね？」

「もちろん、あの金の話だ。誰にもらった？　どこで手に入れたんだ？」

「わたし……」

アルドナは思わずあとずさった。ゼブは理性を失っているように見える。長椅子にぶつかり、急いでそのうしろに回った。ゼブが追いかけてこないので、やっと、大きなため息を漏らす。

「ダウンズじゃないことはわかっている。だから、誰だときいてるんだ？」

「どうしてダウンズじゃないとわかるの？」

「この二週間、やつには尾行がついていたからさ。そして、やつが訪ねているレディは、きみではなかった」

「あなたが探偵を雇ったの？」

「ぼくじゃない。ぼくは二週間、国外に出ていたんだ。昨日の夜、ぼくが帰ってくると母から電話があった――ライオネルのマルタ島旅行がとどめの一撃になったらしい。ぼくが外国出張に出ると同時に、探偵をつけたんだそうだ。離婚申立書には、ロジー・ブレイクなる名前が出ることになる」

「ロジー・ブレイクですって！」

思わず叫んでしまう。ロジーはきっと、マルタ島で、もうエディーにはうんざりだと思ったのだろう。目をつけた女がいるってダウンズが言ってたけど、それがロジーだったんだわ。

「きみ、その女を知ってるのか？」アルドナの顔に答えを読み取ってあとを続ける。「そんなことはどうでもいい。ダウンズはもうおしまいなんだから。問題は……」

ゼブの顔に怒りが込み上げてくるのを見て、あわててアルドナはたずねた。「もうおしまいって?」

「今朝、ぼくは大いなる喜びをもって……やつの雇用を停止してやったさ」が、いったんはそれかかった怒りが、いまはまともにアルドナに向かってたたきつけられる。「なんて女だ、きみってやつは。あの金をどこで手に入れた? 誰からだ?」

つぎの瞬間、ゼブはすばやく長椅子を回っていた。アルドナの両腕をつかんでゆさぶる。

「誰からなんだ?」

「父です」

やっとゼブはゆさぶるのをやめて、しかし、じっとアルドナをにらみつける。

「きみの父親か? それは本当だろうな、アルドナ?」

「電話しておききになればいいわ。父は自分であなたに会いに行くつもりでいました。でも、わたし、言ったんです――わたしが自分で始末をつけなきゃいけないことだからって」

「つまりきみは、父親にすべてを打ち明けたというんだな? 毛皮のコートを買うために金が欲しかったことともか? ダウンズとのことともか?」

口調に疑いはにじんでいたが、もう怒りは消えていた。

「毛皮のコートなんかなかったの――いえ、あったことはあったんだけど、バーバラのコートで、わたしのじゃなかったの」あんまりうまい説明とは言えないことは、自分でもわかった。「ええ、父にすべてを打ち明けました。……つまり、山荘のことはのぞいてすべてを……」

ゼブがきっと口もとを引き締めるのがわかった。まるで、山荘でのことは思い出したくなかったかのように。

「山荘か。つまりきみが、ぼくのことを見るのもいやだと気がついたところの話だな？」

「わたし、そんなことに気がついたんじゃありません」思わず心を込めて言ってしまって、元気のない声であとを続ける。「わたし……あの……あなたのこと、いやなわけじゃ……」

「ぼくがきみを自分のものにしようとしていると思ったとたんに、ヒステリーを起こさなかったとでも言うつもりか？」

「あなたがいやだったからじゃ……ないんです」

「ちがうとでも言うつもりか？」ゼブの両手にいっそう力がこもり、アルドナの両腕は、いまはもうほとんどしびれかかっていた。「だったらなぜ、きみは繰り返し悲鳴をあげた？　〝あなたとだけはいや、あなたとだけはいや〟――ぼくの受けた印象は、どうしようもないほど決定的なものだったぞ。ほかの誰でもきみの純潔を奪っていいが、ぼくだけはいやだって。それも、ほとんど手遅れなところまで追いつめられて、ぼくを嫌っていることがわかったせいだとね」

「わたし、あなたを嫌ってなんかいません」

またもや、ことばのほうが先に口をついてしまう。自分がゼブを嫌っているなんて、ゼブにだけは思っていてほしくなかったせいだった。ゼブの厳しい顔がいくらか和らいだように見えたのは、気のせいだろうか？ たしかに誰だってひとに嫌われたくはないけれど、ゼブでさえそうだったというのかしら？

「わかっているのかい、アルドナ？ 本当に、いまの発言は引っ込めたほうがいいと思うが」

「信じてくださらないの？」

「それじゃ、ちょっとした実験をやってみようじゃないか」

アルドナはまじまじとゼブを見つめる。最初は、なんのことかわからなかったが、腕をつかんだ両手が背中に回り、ぼうっとなるほど近々と抱きよせられると、ゼブに言われるまでもなくはっきりと意味がわかった。

「これから、きみがヒステリーを起こすかどうか、たしかめてみよう」

何を言ういとまもなく、ゼブの唇に唇を覆われてしまう。ゼブは本気だった。愛撫《あいぶ》に愛撫を重ねて、アルドナがヒステリーを起こすにちがいないとゼブが思い込んでいるところまで、アルドナを追いつめるつもりでいるらしかった。

そしてそのことだけが、アルドナをあらがわせ、逃げ出させようとする動機だった。お金を返したいま、思いのままにゼブの愛撫にこたえることをさまたげるものは、何もなくなっていたのだから。

あとで思い返した時、ゼブには実験でしかないと知りながら自分を与えてしまったら、やはり心の平和は訪れてくれないだろう。いまは、どうしても抵抗しなくては。

「いや……よして！」

顔を上げ、アルドナの目を見つめるゼブに言う。抵抗はしてもヒステリックではなかったし、ゼブにもそのことは通じたようだ。すぐ、二度めのキスをはじめたくらいだから。

唇を重ねながら、同時に手がジャケットの下にもぐり込む。愛撫の熱い手を肌に感じたとたんに、快楽のさざ波がアルドナの体を渡っていった。

抵抗しようという決心はもろくも崩れ、アルドナはなおいっそう愛撫を求めて両腕をゼブの首に巻いた。いまは心の動きは逆になって、この瞬間を、いつまでも覚えていたいと願っていた。

「こんどは長椅子で試してみるかい？」

何も言えなくて、アルドナはこっくりうなずいた。そして、たかまった官能の渦のなかでゼブが体を離すと、早く抱いてほしいとさえ思った。ゼブは上着を脱ぎ、ネクタイを投げ捨てる。そして、アルドナのそばに戻ると、ジャケットを脱がしにかかった。

「きみも暑そうじゃないか」

そっとアルドナをソファに横たえると、ゼブもその横にぴったりくっついて体を伸ばす。ゼブがアルドナのブラウスのボタンに手をかけた時、本能的に、彼女はその手を押しのけようとした。

「ああ、ゼブ！　ごめんなさい……これから先は、わたし、何も知らないの……だから……急がないで」

返事の代わりに優しくキスをして、ゼブは顔を上げ、じっとアルドナの目に見入った。

「ヒステリーは起きないかい？」

「起きないわ」アルドナは微笑を返し、自分を抑えきれなくなってささやく。「ああ、ゼブ、とてもあなたを欲しいの」

「ぼくがきみを欲しくないとでも思ってるのか？」

「キスして」

息の続くかぎりキスしたあと顔を上げたゼブは、しかし、すべてを自分のものにしようとはしなかった。アルドナの目を見て、そっとたずねる。

「なぜ、このあいだはヒステリーが起きたんだい？　なぜ、ぼくから逃げ出した？」

「わたし、あそこにはいられなかったの」いまはもっとキスが欲しい。未知の魅惑の世界へと、ゼブに連れていってほしい。「あの時は、あなたのものになるわけにはいかなかったの」

「なぜだい、ダーリン？」

「だって……だって……ああ、ゼブ。わたし、できなかったの……お金のためになんて……あなたとだけは」

アルドナは目をつぶる。キスを待ち受けているのに、ゼブの腕がするりと抜けていく。はっとして目を開くと、ゼブはソファに座っていた。もう、キスする気分じゃなくなったのね。

どうしよう、わたし、積極的すぎたのかしら？　ピンクに染まっていたほおが当惑で真っ赤に変わる。いやけがさしたんだわ……ああ、そんな！　ゼブは自分から体を投げ出す女にはうんざりしてるんだわ。

すっかり動転して、アルドナは服装を整え、出ていこうと決心した。ブラウスのボタンをとめ、なんとか立ち上がると、ジャケットを拾い上げる。靴はどこかしら？

「どこに行くつもりだい？」

アルドナは答えなかった。ゼブの顔を見る勇気はない。やっと靴を見つけ、つっかけると、急いで戸口に向かう。

が、ゼブのほうが先に着いて待ち受けていた。片手でアルドナを捕まえ、片手をあごにかけてむりやりあお向かせる。

「ヒステリーじゃないようだな……どうしたんだ？　未知の世界にいる自分に気がついて、

パニックを起こしてしまったのかな?」

「わたし……あの……あなたをうんざりさせてしまったのね。あんまり……積極的だから」

とたんにゼブは声をあげて笑った。とどめの屈辱だった。アルドナは腕を上げてゼブを平手打ちしようとした。その手もゼブに押さえられてしまう。

「ごめんごめん。ぼくが笑ったのはね、きみがみだらだったからでも、積極的すぎたからでもない。こういうことについては、きみは純真そのものだよ。きみの恥じらいは美しかった——そう言っても、まだぼくが信じられないかい?」

答えようもなく、いまはゼブの顔さえ見られなくて、うつむいてしまう。鼻先に軽く、ゼブがキスを贈った。

「きみの純真さを目の前にしていながら、きみを完全に知りたいと願うぼくのほうこそ、恥ずかしく思うべきかもしれない。でもぼくは、恥ずかしいとも思わないし、後悔もしていないんだ。だって、それこそふたりの願っていたことなんだから」

いつのまにかソファまで連れ戻されて、座らされてしまう。ゼブも隣に座って、そっとアルドナの肩を抱いた。

「ぼくはきみを自分のものにしたかった。いまも同じ思いだよ。でも、あのいまいましい金が、またじゃまをするんだな」

「お金って？」

どういう意味かわからない。もうあのお金は返したはずなのに。

「きみに渡された小切手を見たとたん、ぼくはかっとなって破り捨てると、その足できみを追いかけたんだ……きみが差し出してくれたものを、どうして受け取れると思う？　きみの銀行口座に三千ポンドよけいに入っていることに気がついたとたん、ふたりのあいだに起きたことが、きみにとって苦い味がしはじめるんじゃないだろうか？」

ゼブの思いやりが心にしみる。わたしを求めていたことは事実だし、はっきり口に出して言っているほどなのに、すべてを忘れて欲望に身をまかせることを思いとどまってくれたのだから。

「説明してくださってありがとう」

ふいにがっくりして、アルドナは答えた。立ち上がって帰ろうと思った時、突然肩を抱くゼブの腕に力がこもった。何かにはっと気づいたように、身じろぎさえしなくなる。

「きみにはまだ」ハスキーな声だった。「説明することが残っているんじゃないかい？」

「つまり、どうして父に打ち明けるようになったかってこと？」

「それもある。でも、ついさっききみの言ったことばを説明してくれないか。うっかり聞き過ごしてしまったんだが――自分の欲望を抑えることに気を取られすぎていたものだから」

「何を言ったのか、思い出せないんだけど……」

「きみは言ったね、金がかかわっていたからこそ、ぼくのものになるわけにはいかなかったって。こう言ったんだよ——わたし、できなかったの。お金のためになんて、あなたとだけは」肩を抱くゼブの腕は、まるで万力のようだった。「アルドナ、どういう意味なんだ——あなたとだけはって」

心のなかでアルドナは身もだえした。わたしにとって特別な何かだと思ってくれればいい。ありのままを口にするなんて、ばかよ。ばかだわ。はっきり、あなたを愛していますなんて、絶対に告白しちゃだめ。

「放してちょうだい。あなたにはわかっているはずよ」

アルドナは逃げようとした。が、ゼブの腕はびくともしない。その時、信じられないことばが、ゼブの口から漏れた。

「どうしてきみを行かせることができるんだ、ダーリン。きみにさよならを言うことは、ぼくの半分と別れるのと同じことなんだよ」

仰天して、アルドナは上体をよじり、ゼブの顔を見つめた。ゼブが自分の体を求めていることなら知っていたけれど、いま見る表情には、信じるのが恐ろしい感情があふれていた。

「あなた……」

それ以上のことばは、のどにつかえて出てこなかった。

「そう……ぼくはきみを愛している。気も狂わんばかりにだよ、アルドナ」

「でも」アルドナは息をのんだ。心が希望と不信で激しくゆれる。「そんなこと、ありえないわ！」

「ありうるし、また事実、そうなんだよ」アルドナの目に、信じたいという心からの願いを見て、ゼブはあとを続けた。「たぶん、こう言えば信じてもらえるかもしれない――きみへの愛は、ぼくに正気を失わせるほどのものだった。ウェールズの山荘でのことのあと、きみが本気でぼくを嫌っていると思わずにはいられなかった。ぼくが外国に行っていたのは、心がくじけてまたもやきみを探したりしないためだった、とね。だから今朝、オフィスできみに出会った時、ぼくはすべてのものと闘わねばならなかった。この二週間ためこんだきみにたいする強さを失わないためにも、必死に闘うしかなかったんだよ」

「だから……わたしを嫌ってるみたいに見えたのかしら？」

「きみを嫌うなんて、一度もぼくにはできなかったよ。でも、自分の正気を守るために、きみには二度と会いたくなかった。その正気だって、いま思えば紙一重のものだったんだね。きみの小切手を見たとたん、嫉妬《しっと》の狂気に取りつかれてしまったんだから……。愛しているよ、いとしいアルドナ。さあ、勇気を出して、ぼくが心待ちにしていることばを言ってくれないか？」奇跡が起きたとしか思えないショックに、アルドナは口さえきけなかった。「ぼくはこうまで言ってるんだよ——山荘で、きみがぼくを嫌っていると思った時は、まるで世界が終わったような感じだった」

「まあ、ゼブ」あの夜のゼブの苦しみを考えるとたまらなくなって、アルドナは言った。「わたし、こんなにもあなたを愛しているのに！」

ゼブの顔にすばらしい笑みが広がる。アルドナの告白の続きも待たずに、ゼブはアルドナを両腕にすくいあげると、彼女の持つ疑いをキスで完全にぬぐい去った。

「ダーリン。ぼくは何週間も、きみを愛していることを否定しようと努めたんだよ」

「そんなこと、なさったの？」

「たいして成功はしなかったがね」アルドナの耳から唇へとキスをしてから、話しはじめる。「マルタ島では、ぼくは自分に信じ込ませようとしたものだった——ぼくはただ、きみをダウンズから取り上げて、少なくともやつの婚外交渉のひとつをつぶそうとしているだけだとね。きみが逃げ出した時も、まったく気にならないと自分に言い聞かせた。だから、きみを探し出すつもりもなかった。でも、自分が何をしているのかさえ気がつかないうちに、きみの捜索にかかってるしまつだった。山荘で、ぼくは自分をごまかしきれなくなった。自分がなぜか客間にベッドをメイクしていると気がついた時のことさ。本当だよ、そんなつもりはまったくなかったんだから。あの時ぼくは、この気持はなんなのか、まっすぐ向き合うしかなくなっていた。幾晩も幾晩も、きみのことを考えて眠れなかったあげくのはてだった」

「ああ、ダーリン」

アルドナは恥ずかしそうにため息を漏らした。そのあと、部屋は静まり返った。ゼブの愛撫にアルドナはゼブへの愛のほか何も考えられなくなっていた。

いよいよ魅惑の国へ連れていってくださるのね、と、アルドナが心のなかでつぶやいた時、ゼブが顔を上げた。いっときもアルドナを手放したくないとでもいうように、両腕に抱いたままソファに座りなおす。

「ぼくと、結婚してくれるね?」

いつもあんなに堂々と自信にあふれているひとが、しかもわたしはとっくに答えを態度で示してしまったのに、こんなに不安そうだなんて!

「もちろんよ、ゼブ……もしそれがあなたのお望みなら」

「ぼくの望みだって? どうしたんだ、アルドナ、きみはまだはっきり決心がつかないのか?」

「いいえ、そんな。はっきり決心はついています。ただ、わたし、ぼうっとしてしまって……あなたがわたしを愛してくださって、結婚を申し込んでくださって……それなのにわたし、マルタ島で何をしてたのか、まだ何ひとつ説明してないんですもの」

「何ひとつ知る必要なんかないさ。ぼくが知りたかったのはただひとつ、きみがぼくを愛していることだけなんだ。毛皮のコートが欲しいんなら百枚でも買ってやるぞ——とにかくきみはぼくを愛し、ぼくと結婚しなくちゃいけない」

「ゼブ、あなたを愛しています。ゼブ、あなたと結婚します……あなたには、わたしがどんな苦しみを味わったかわかってらっしゃらないのよ。あなたに愛してほしいと願いながら、けっして愛されることはない、けっして許してもらえない、そう思って過ごしてきたのよ……いやらしい毛皮のコートなんか、一枚だっていらないわ、絶対よ」

長い、愛に満ちたキスでゼブはアルドナの苦しみをあとかたもなくぬぐいとってくれた。ついにゼブが顔を上げた時、アルドナには、いまこそすべてを話す時だとはっきりわかった。すべてを話し、すべてを過去として葬る時だ、と。

「ダーリン、ああ、ダーリン！」話を聞き終わったゼブの声には、強い感情がこもっていた。「きみが耐えたすべての苦しみを思うと……そのうえ、いくつかはぼく自身が与えた苦しみだったことを思うと……すべてをぼくが埋め合わせるよ。二度とふたたび、きみにはそんな恐ろしい思いを味わわせたりはしないからね」

それは誓いのことばだった。すべては過ぎ去り、未来にはすばらしい約束だけがあった。アルドナは目を閉じてそっとささやいた。

「愛しているわ、ゼブ……」

●本書は、1984年12月に小社より刊行された作品を文庫化したものです。

危険なバカンス

2025年1月15日発行　第1刷

著　　者／ジェシカ・スティール

訳　　者／富田美智子（とみた　みちこ）

発 行 人／鈴木幸辰

発 行 所／株式会社ハーパーコリンズ・ジャパン
東京都千代田区大手町1-5-1
電話／04-2951-2000（注文）
0570-008091（読者サービス係）

印刷・製本／中央精版印刷株式会社

表紙写真／© Lenanet | Dreamstime.com

ISBN978-4-596-72110-5

1月15日発売

ハーレクイン・シリーズ 1月20日刊

ハーレクイン・ロマンス

愛の激しさを知る

忘れられた秘書の涙の秘密 《純潔のシンデレラ》	アニー・ウエスト／上田なつき 訳
身重の花嫁は一途に愛を乞う 《純潔のシンデレラ》	ケイトリン・クルーズ／悠木美桜 訳
大人の領分 《伝説の名作選》	シャーロット・ラム／大沢　晶 訳
シンデレラの憂鬱 《伝説の名作選》	ケイ・ソープ／藤波耕代 訳

ハーレクイン・イマージュ

ピュアな思いに満たされる

スペイン富豪の花嫁の家出	ケイト・ヒューイット／松島なお子 訳
ともしび揺れて 《至福の名作選》	サンドラ・フィールド／小林町子 訳

ハーレクイン・マスターピース

世界に愛された作家たち
～永久不滅の銘作コレクション～

プロポーズ日和 《ベティ・ニールズ・コレクション》	ベティ・ニールズ／片山真紀 訳

ハーレクイン・プレゼンツ作家シリーズ別冊

魅惑のテーマが光る極上セレクション

新コレクション、開幕！

修道院から来た花嫁 《リン・グレアム・ベスト・セレクション》	リン・グレアム／松尾当子 訳

ハーレクイン・スペシャル・アンソロジー

小さな愛のドラマを花束にして…

シンデレラの魅惑の恋人 《スター作家傑作選》	ダイアナ・パーマー他／小山マヤ子他 訳

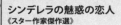